AF411096

O CONDOMÍNIO

PEDRO HENRIQUE DA SILVA

Este livro pertence a:

____

O CONDOMÍNIO

PEDRO HENRIQUE DA SILVA

Um segredo descoberto pode ser fatal.

Copyright © 2024 by Pedro Henrique
O Condomínio
1ª Edição | Abril 2024

Autor:
Pedro Henrique da Silva

Revisora:
Karine Cristina Vaz

Capista:
Pedro Henrique da Silva

Diagramador:
Pedro Henrique da Silva

Editor:
Pedro Henrique da Silva

Dados Internacionais de Catalogação na Publicação (CIP) (Câmara Brasileira do Livro, SP, Brasil)

```
Silva, Pedro Henrique da
    O condomínio / Pedro Henrique da Silva. --
Paulista, PE : Ed. do Autor, 2024.

    ISBN  978-65-00-98167-4

    1. Ficção brasileira I. Título.

24- 199704                          CDD-B869.3
```

Índices para catálogo sistemático:

1. Ficção : Literatura brasileira B869.3
Eliane de Freitas Leite - Bibliotecária - CRB 8/8415

DIREITOS RESERVADOS: todos os direitos de reprodução, cópia, comunicação ao público e exploração econômica desta obra estão reservados, única e exclusivamente, para o autor Pedro Henrique da Silva. Proibida a sua reprodução parcial ou total, por qualquer forma, meio ou processo, sem a expressa autorização, nos termos da Lei 9.610/98.

Esta obra foi impressa sob demanda, Paulista, PE, todos em formato fechado A5. O texto principal foi comporto em fonte Adobe Garamond 12 e os títulos em Docktrin 22. Impresso no Brasil. Esta é a 1 edição, datada de 2024, com tiragem inicial de 50 exemplares.

AGRADECIMENTOS,

Sempre me reservo em agradecer primeiramente a Deus, pela oportunidade de experimentar nesta existência, todas as glórias e infortúnios que a mim são implicadas, sempre no processo de meu próprio melhoramento contínuo, de acordo com as minhas próprias escolhas. Segundamente reservo os meus agradecimentos para toda a minha família, em especial minha mãe Iraci Silva, meu pai Glinaldo Silva, minha irmã Monalisa Silva e ao meu companheiro de jornada de todas as horas Jonh Albuquerque.

Dedico estas páginas para todos aqueles leitores que possuem a paixão pela leitura e que gostam de desvendar os mistérios da lógica. Aos amantes de leituras sem fim, boa viagem!

"Este agradável livro me permitiu mergulhar em uma trama de amor e mistérios, repleta de desafios e enigmas que despertou em mim fascínio e grandes emoções, com um desenlace interessante e surpreendente." — **Veri Lemos, Pedagoga.**

CAPÍTULO 1

MÚSICA QUE ME SERVIU DE INSPIRAÇÃO PARA O CAPÍTULO A SEGUIR:

Caso queira ler o capítulo ouvindo a música, aponte o seu celular para o QR Code abaixo. Ponha no modo de repetição em um fone de ouvido no volume baixo, como um fundo sonoro distante. O volume baixo é proposital para que você não desfoque da sua leitura.

RECOMENDO ABANDONAR ESTE MÉTODO DE LEITURA/SOM SE NÃO FOR DE SEU COSTUME.

APROVEITE:

Zepp Nine – Charlie Clouser | Spotify

1

FLAUER MECKENNA -
O ASSASSINATO

O local sempre foi desorganizado, os moradores gostavam do ambiente rústico. Mantinham sempre as mesmas decorações e a maioria quase sempre com as mesmas rotinas. Excepcionalmente, em 23 de julho de 2023 tudo foi diferente. Flauer Meckenna, a moça mais delicada do condomínio, havia descoberto um segredo terrível.

— Kauê, meu irmão... corre aqui em casa hoje à noite. Eu quero te contar uma coisa que acabei de descobrir. — Fala Meckenna.

— Você não imagina o que acontece nesse nosso condomínio. Eu quero sair o mais rápido possível, já não aguento mais essas pessoas.

— Tá certo, tenha calma... tenha paciência! — Diz Kauê. — Eu vou passar na sua casa por volta das 20 horas, porque eu preciso passar na faculdade. Tenho que resolver algumas coisas... e ainda tenho que fazer a janta para Martins. Não se preocupe, eu vou chegar! Agora me antecipa, o que foi que aconteceu?

— Não posso contar por telefone Kauê, eu preciso lhe dizer pessoalmente. E acredite... eu não posso mais ficar aqui!

— Ok... ok... então depois a gente se fala. Cuidado, minha irmã, beijos.

Era mais ou menos 18 horas e Flauer Meckenna ficou a olhar a paisagem ao redor, pensativa sobre o que ela iria fazer. Logo começou arrumar as malas, pegar os seus pertences mais necessários. Ela pensava em partir para uma casa familiar, longe daquela comunidade.

Aquele condomínio era disposto por oito casas, administrados pela síndica Dona Melissa. Em verdade, ela era síndica de algumas casas, outras ela tinha vendido. O condomínio possuía a seguinte configuração:
Imagine todas as oito casas dispostas em um círculo. Na ponta esquerda deste círculo, era a casa da Dona Melissa. A residência do lado direito da casa de Dona Melissa era da família de Bento e Agatha, que tinham dois filhos, Henry e Ricky. Seguindo ao lado direito era a casa de Kauê, o irmão de Flauer Meckenna, casado com Martins. Adiante, ao lado de Kauê, era a casa de Meckenna em que morava sozinha. Continuando o círculo, temos a casa desocupada. Dona Melissa era a única que possuía as chaves e mais ninguém tinha acesso. Posteriormente temos a casa de Apollo, casado com Elis e suas filhas eram Clarice e Betina. Logo depois temos a casa de Mathias Gonçalves, o pai de Martins. Ele também morava sozinho. Por último e fechando o círculo, temos a casa do vigia Téo, o funcionário contratado por Dona Melissa. No meio de todas as casas do condomínio, temos uma pequena praça central, mal acabada, no formato de uma estrela de cinco pontas.

Como de costume, Meckenna ligava a TV para assistir às novelas que passara nas emissoras. Ela deixava a televisão no volume alto, porque geralmente sempre estava fazendo várias coisas ao mesmo tempo. Ela joga a roupa no sofá e vai direto para cozinha, onde fica escutando as suas novelas. Prepara uma janta especial e rápida para poder receber Kauê, que iria chegar em breve. Ela também verifica as roupas do varal que estava secando, com a intenção de concluir a sua mala. Ela não está normal! Está um pouco desesperada, porque não pensou que isso seria um causador de mudanças de emergência. Mas o que ela sabia, é que se continuasse ali, ela correria risco de vida.

O tempo se passa e Flauer, às 19h30, vai tomar seu banho. Deixa lá a TV ligada e entra para a sua banheira de espumas e águas quentes. Ela olha as pequenas modificações em seu corpo que surgem naturalmente com o passar do tempo. Meckenna tinha apenas vinte e oito anos, mas já observava a sua fisionomia um pouco mais velha do que a sua idade assinalava. Ela tira as roupas e mergulha na banheira para aquele banho relaxante. A fumaça quente impregnava todo o banheiro... tinha que ser, porque banhos frios no sul do Brasil é como pagar penitência aos pecados cometidos. Meckenna dá três suspiros longos e cobre o seu rosto completo dentro da banheira. É neste exato momento que o seu celular toca na cozinha. Era Kauê, ligando para informar que iria se atrasar um pouco mais. Porém, Meckenna não escuta. Mergulhada sob a água e a TV ligada, não deixa que os seus ouvidos percebam a ligação perdida. Após exatos 58 segundos, ela retira a sua cabeça de dentro d'água, respira profundamente, quase num nível de meditação, e repete o mesmo mergulho. Neste momento, agora a vidraça da janela da sua casa é quebrada. A pessoa consegue destravar a janela por dentro e abrir naturalmente, sem que

Meckenna percebesse qualquer barulho e presença.

O vigia Théo, do outro lado da praça, que mora em frente à casa de Meckenna, observa alguém entrando e fica de alerta, se preparando para comunicar a síndica do que estava acontecendo no condomínio. Porém, tudo é muito rápido. E os 58 segundos novamente se passaram e Flauer Meckenna levanta a cabeça da banheira. Ela escuta barulhos de portas se abrindo rapidamente em seus cômodos. É quando ela sai em velocidade e puxa a toalha para se enrolar. Vai verificar se Kauê já tinha chegado antes do tempo previsto. Mesmo com espumas nos seus braços, pingando durante todo o percurso do corredor até chegar na sala, ela vê a janela quebrada. Meckenna fica com medo e corre para o celular, quando identifica a chamada perdida de Kauê. De súbito, ela é puxada pelos cabelos e vai parar ao chão.

— Não faça isso comigo pelo amor de Deus... por que você está fazendo isso comigo?

— Já basta! Cala a boca. Eu disse a você... eu disse a você que isso teria uma consequência! E infelizmente eu não posso mais adiar.

— Não, por favor... não faça nada comigo. Por favor, SOCOO...

E antes mesmo de tentar gritar, ela recebe um soco na boca e fica um pouco atordoada.

— CALA A BOCA!

Imediatamente a arma é sacada... O gatilho é puxado... antes do segundo virar e a bala ser disparada... a porta da frente é arrombada. Meckenna se assusta com o barulho, se levanta recuperada da tontura inicial e corre para os fundos da casa. E a criatura que tenta lhe matar, rapidamente se vira para Flauer Meckenna que é de costa paralisada... três tiros são disparados intercaladamente. A bala atravessa seu peito e a sua vista escurece... novamente Meckenna está no chão.

O sangue vivo logo começa a escorrer e toda a vizinhança escuta o barulho. As luzes das casas ao redor são acesas e pelas varandas, eles olham para aquele condomínio circular tentando identificar de onde partiu os tiros. Kauê que já havia chegado em casa se pergunta:

— O que é isso? Será fogos uma hora dessas? Martins? Você ouviu?

Martins parecia não estar em casa. Como Kauê já havia terminado de preparar a janta de seu marido, ele decide ir para casa de sua irmã.

Antes de Kauê chegar, o corpo de Meckenna é arrastado por toda a casa, em várias áreas internas, na frente, atrás, pelos corredores, deixando o seu sangue espalhado por todo lugar. De poucos metros para chegar na casa dela, ele ver a janela da frente quebrada e a porta aberta... escancarada. Kauê acelera os passos. E quando sobe os degraus, se depara com uma cena de terror. Ele grita:

— SOCORRO!!! ASSASSINARAM MINHA

IRMÃ...

CAPÍTULO 2

MÚSICA QUE ME SERVIU DE INSPIRAÇÃO
PARA O CAPÍTULO A SEGUIR:

Caso queira ler o capítulo ouvindo a música, aponte o seu
celular para o QR Code abaixo.

APROVEITE:
Time – Hans Zimmer |Spotify

2

90 DIAS ANTES DA MORTE

O dia era 23 de abril de 2023, Dona Melissa se preparava para receber a nova hóspede do condomínio Flauer Meckenna, a estudante universitária. É certo que aquele condomínio era um pouco mais afastado da cidade, mais reservado. E o correr de casas subsequentes ficava um pouquinho mais distante. Para conseguir alimentos e mantimentos era preciso buscar bem longe daquele lugar. Por volta das duas horas da tarde, chega Meckenna de táxi. Aquela linda e formosa mulher, que lembrava mais uma flor de tão delicada, meiga e calma. Logo é recepcionada por Dona Melissa.

— Seja muito bem-vinda ao nosso condomínio, minha filha. Aqui será o seu novo lar! Eu sei que você já tem familiares por aqui. Seu irmão, ele quem nos indicou! Eu espero que você goste, tanto quanto ele gosta daqui.

— Muito obrigada, Dona Melissa! — Responde Meckenna sem jeito.

— Na realidade, eu vim porque aqui fica mais perto da minha faculdade. E também porque estou mais perto do meu irmão. Então, só tenho que agradecer mesmo... Sim! Eu queria lhe perguntar se existe alguma recomendação para o convívio com os vizinhos? A casa em si...

— Não, não, minha filha. Não tem nenhuma recomendação. — Interrompe Melissa.

— A única questão é a casa ao lado da sua. É uma casa vazia... — Dona Melissa faz uma pausa breve e continua:

— Aconteceu uma tragédia há alguns anos. Eu acho que você era pequenina. Eu sempre prefiro deixar a casa desocupada! Até por conta das lembranças que eu tenho. Não consigo destruí-la, mas, ao mesmo tempo, não consigo deixar ninguém a ocupar.

— É mesmo Dona Melissa? O que foi que aconteceu com essa casa?

— Ah, minha filha. Acho que isso eu só lhe contarei em outra oportunidade, outro momento. Agora, eu quero falar de coisas boas.

Na tentativa de mudar de assunto, Dona Melissa diz:

— Entre! Aqui está a sua chave, a casa é sua!

— Então, vamos entrar!

Flauer Meckenna entra e de cara logo se apaixona pela decoração que Dona Melissa fez para a sua recepção. A casa tinha tons claros, envolventes e com um lustre chique. Ao mesmo tempo, o ambiente era calmo e tranquilo. A sala era ampla, com janelas frontais. Existia também um corredor central, dois quartos e ao final, a cozinha, perto do banheiro, além da porta dos fundos. Era uma casa aconchegante. Parecia uma casa de boneca criada e construída especialmente para Meckenna.

— Eu espero que você goste Meckenna, e consiga usufruir deste ambiente, as energias necessárias para que você possa concluir os seus estudos.

— Ôh! Dona Melissa, muito obrigada mesmo! Depois eu vou acertar com a senhora os detalhes do pagamento do meu aluguel.

— Não, não se preocupe com isso, você acabou de chegar. Fique à vontade! Qualquer coisa, eu moro logo ali. Em breve, eu vou chamar também o vigia do condomínio para você conhecer, ele se chama Théo. Sempre que eu não estiver aqui, você pode comunicá-lo que ele reportará a mim. Ele é o meu braço direito nas tarefas que eu preciso desempenhar. Por conta da minha idade já... uma velha cansada... não consigo.

— Muito obrigada mesmo. Eu vou desfazer as malas, descansar um pouco e em breve eu irei conhecer a vizinhança. Visitarei também o meu irmão, pois estou muito saudosa.

— Ok, até breve, minha amiga.

Melissa sai da casa, desse as escadas da entrada principal e olha corriqueiramente para casa que ela não permite que ninguém hospede, que fica ao lado de Meckenna. Com o olhar tristonho e um pouco acelerado, ela segue em direção da sua casa. Ela encontra com seu vigia Théo e fala:

— Théo, veja! A nova moradora, daquela casa que arrumei, já chegou. Depois, por favor, quando você puder, é claro, pois você é muito atarefado no condomínio, você vai lá conversar com ela, se apresentar e mostrar que você está totalmente disponível para quem precisar de sua ajuda ou de sua solicitação.

— Pode deixar Dona Melissa. Eu vou falar já com ela...

— Mas não precisa falar agora, porque ela vai descansar. Mas assim que ela se mostrar andando na vizinhança, se aprochegue.

— Ok.

Melissa entra para sua casa e Théo pega o carro e vai em direção à cidade para comprar os mantimentos necessários para a síndica e para si próprio. Enquanto dirige, ele olha vagamente, com um olhar de preocupação, as duas casas que são vizinhas. A de Meckenna e a casa vazia.

• • •

Enquanto isso, Meckenna desfaz as malas, tenta arrumar algumas coisas rapidamente no armário. A casa já é toda mobiliada. Ela apenas vai fazer a organização ao seu modo.

Tlin dôn. — Toca a campainha. Meckenna tem um susto e pensa se Dona Melissa esqueceu alguma coisa. Vai atender, se dirige até a porta e quando abre, tem uma surpresa maravilhosa, era o seu irmão.

— Kauê! Que saudades de você meu irmão!

— Minha irmã, como você está linda! Como você desenvolveu bem... quanto tempo que a gente não se vê, meu Deus.

— É... esse era o abraço que eu estava esperando por tanto tempo.

Kauê Meckenna e Flauer Meckenna passam minutos se abraçando. Um encontro depois de dez anos de separação. A última vez que se viram, Kauê ainda estava estudando na universidade, já Meckenna estava se preparando para iniciar os estudos no ensino médio. Mas agora, dez anos depois, Kauê já está no seu mestrado e ensinando na universidade e Flauer adentrando a faculdade em sua primeira graduação.

— Flauer me conte como está papai? Como está

mamãe? Eu sei que foi duro você vir, mesmo sabendo que eu já estou aqui, né?

— Ôh Kauê, nem me fale! Papai e mamãe estão ótimos. Estão sendo cuidados pela nossa tia sempre que possível, mas eles estão bem. O que me preocupa é essa mudança, né... porque tudo que é novo dá medo.

— Com certeza! Mas o que você precisar eu estarei aqui, e quando eu não estiver, Martins que você vai conhecer, também pode dar apoio para você.

— Sim, menino, eu estou louca para conhecer o seu crush! Você só me fala... só me fala... e eu nunca vejo. Hoje não tardo de conhecê-lo.

— Sim, sim! — Sorri Kauê.

— Quando ele não estiver, porque geralmente ele também sai, né! Você pode recorrer à Dona Melissa, tem o vigia que cuida do condomínio. Acredito que Théo vai se apresentar como sempre faz com todos e como fez comigo. Você na realidade vai estar segura aqui.

— Tá certo, meu irmão. Já adianto para você que amei Dona Melissa, super atenciosa, uma mulher doce, meiga, e eu amei a recepção.

— Dona Melissa é ótima! Ela só sofreu um pouquinho no passado, ainda deve sofrer hoje, por uma perda de um filho. Ela reluta, mas na realidade foi uma trágica.

— Ela me contou até dessa casa vazia, aqui ao meu lado. Não mora ninguém?

— Pois é, ninguém tem as chaves de lá, ninguém entra! Nem o próprio vigia possui muitos acessos naquela casa. Essa casa é um mistério daqui... Dona Melissa mal toca no assunto e quando fala é com muita tristeza.

— Ela falou de uma tragédia que aconteceu?

— Sim, sim... ela falou, porém, eu vou preferir que ela conte os detalhes. O que eu posso lhe adiantar é que muitos anos atrás, o filho dela foi assassinado... e não precisa você ter medo, mas quem matou o filho dela continua morando neste condomínio!

— Meu Deus, Kauê! Você acaba de dizer que aqui é seguro e, na verdade, tem um assassino nesse condomínio?

— Ele tem alguns problemas, alguns distúrbios controláveis. Ela vai passar com mais detalhes para você. Eu só vim rapidamente para lhe ver e saber como você está. Além de lhe dar um abraço, pois eu sei que a partir de agora a gente vai se encontrar muitas vezes na faculdade e muitas vezes por aqui no nosso condomínio.

— É verdade! Você está sendo a minha felicidade!

— Sua linda, vou lá tá, vai se organizando por aí, e depois você vai lá jantar, tá ok?

— Tá certo meu irmão, vá. Eu lhe amo muito, foi uma maior satisfação lhe rever.

— Essa satisfação é minha... é toda minha!

Kauê fecha a porta cuidadosamente e segue em direção a sua residência. Já Meckenna fica reflexiva pelos pequenos e rápidos detalhes que seu irmão falou sobre aquele lugar.

No dia seguinte, ao raiar do sol, todo o condomínio é iluminado e aquecido por mais um dia que vibra no horizonte. Flauer Meckenna levanta, vai até a sala e escancara a janela. Ao longe, vê o senhor Mathias Gonçalves do outro lado da praça pentagonal. O olhar de um homem maduro, concentrado e fechado, faz Meckenna reparar bem nas expressões fortes do seu vizinho. Kauê já havia seguido para a universidade, enquanto seu esposo Martins caminhava na praça.

— Olá, Dona Melissa, bom dia!

— Bom dia, Martins! Já está na sua caminhada, não é? Muito bem! Quero ver você forte e bonito como sempre.

— Muito obrigado, Dona Melissa, a senhora é um anjo.

— Cuidado, se oriente!

A síndica segue para a casa de Meckenna para identificar como ela passou a primeira noite no condomínio.
Tlin dôn. — Toca a campainha... eram 8h40 da manhã, e o cheiro do café moído, já circundava pela janela afora. Meckenna abre a porta:

— Olá, minha filha, como passou a noite? Está tudo bem com você? Eu vim passar para saber como você está?

— Olá, Dona Melissa, bom dia! Eu passei bem, gostaria de ter dormido mais, porque eu senti uma diferença no coxão da cama, uma nova adaptação, sabe?

— Eu compreendo muito bem Meckenna. Mas isso é questão de tempo, já, já você vai dormir feito uma pedra.

— Verdade, Dona Melissa. A senhora quer entrar? Quer tomar um café? Aproveite e me faça companhia.

— Ah, eu aceito... você adivinhou, estava pensando em preparar o meu café da manhã. Com a sua licença! Melissa entra na casa que ela administra. Percebe que a decoração já foi ajustada pela nova hóspede. Flauer chama para a cozinha na boa vontade de tomar o primeiro café da manhã. Dona Melissa está construindo uma afeição pela doce jovem. Ela olha como se fosse uma filha que nunca teve oportunidade de ter. Já Meckenna ver Melissa como aquela avó que há muitos anos não tem mais. Várias conversas são feitas pelas duas durante aquela manhã, mas a curiosidade de Meckenna é percebida:

— Pois é Dona Melissa, eu vejo que a senhora é uma mulher muito forte que já passou por diversas experiências. E a título de que eu possa lhe conhecer melhor... e a senhora se sentindo à vontade, eu gostaria de entender a sua problemática. Eu vejo que ainda existe uma angústia em seu coração, apenas analisando seu olhar!

— Sim, eu vou lhe contar o que acontecia uns anos atrás. Não se espante, porque na realidade eu acho que hoje está controlado... superado pela minha parte. É claro que a dor ainda continua... é como se sempre a gente precisasse trocar o curativo, mas a gente precisa seguir com a vida, não é mesmo?

— Sim, sim, agora me conte! O que foi que aconteceu? — Pergunta Meckenna curiosa.

— Pois bem, eu quero que você volte um pouquinho no tempo do jeito que você conceber. Cerca de 30 anos atrás! Eu era casada com meu marido, que construí um relacionamento desde infância. Raví... todos chamavam ele de Seu Raví! Com ele, eu vivi um romance de novela, daqueles de filmes, que raramente a gente encontra na realidade. A diferença é que com ele... tudo foi real! Antes de me relacionar com ele, nós éramos crianças vizinhas aqui mesmo. Eu vi tudo isso aqui ser construído, desde a praça pentagonal, feito pela prefeitura, até esse conjunto habitacional em que hoje eu tenho a possibilidade de administrar algumas casas. Então, na minha época de adolescência, eu sempre fui apaixonada por ele. Em contrapartida, existia também um jovem que eu percebia que tinha um certo interesse por mim... era Mathias Gonçalves.

— Ah, Mathias Gonçalves seria justamente aquele senhor que mora ao lado do vigia Théo? Hoje eu olhei pela janela e vi o olhar dele... não digo sombrio, porém sério, mais reservado. — Confirma Meckenna.

— Exatamente, ele mesmo! Eu acredito que seu irmão já deve ter falado sobre ele.

— Ele me falou muito pouco, não entendi muito.

— Todos que chegam aqui, eu gosto de contar a minha história e ser clara! Sobretudo, antes que a fofoca reine. — Sorri Melissa.

— Eu sei bem como é.

— Mathias Gonçalves era louco por mim. Enquanto ele tinha os seus olhos compenetrados para mim, eu tinha os meus olhos e sentidos apaixonadamente voltados para Raví... e era recíproco.
E nós fomos crescendo. Éramos colegas de escola e ele começou a me convidar para sair, para jantar... tudo mais. Só na nossa fase adulta nós começamos a nos relacionar. Vês ou outra, surgia um surto psicótico em Mathias Gonçalves, na tentativa de atrapalhar o meu relacionamento com Raví, mas... meu marido era muito paciente e nós sempre contornávamos a situação. — Confessa Melissa.

— Eu tive um primeiro aborto espontâneo, passei por um período muito difícil e muito triste, achando que nunca mais iria conseguir engravidar. Mathias, ainda morando próximo, até deu um certo apoio. Raví na época sempre se esforçava a continuar com que eu tentasse mais uma vez engravidar. Até que um belo dia, eu consegui engravidar! Tive um filho lindo chamado Noah. Ah, Meckenna! Você ainda vai descobrir o que é um amor de mãe. O filho que tinha chegado recentemente para mim, naquela altura, era a consolidação do meu relacionamento com Raví. Era o meu mais novo amor! Aquele amor puro que qualquer verdadeira mãe sempre terá para o seu filho.

Mas o que eu não esperava era que Mathias Gonçalves começasse a ficar cada vez mais problemático, referente a minha família que eu estava iniciando a construir.

Raví sempre conversando com Mathias, tentava apaziguar as coisas por entender que Mathias, no fundo, tinha algum problema psicológico. Mesmo assim, naquela altura do campeonato, qualquer conversa com ele era apenas conversa. Mathias se tornou um homem cada vez mais agressivo e perseguidor! — Após uma breve pausa, Melissa continua.

— Até que a coisa ficou insustentável! Em uma oportunidade, meu filho Noah, que já tinha em torno de três anos, brincava no quintal. Quando eu vi uma fera adentrando a minha casa... Raví estava na sala, organizando a radiola, quando ouviu a porta bater, como se alguém estivesse querendo quebrar tudo. Era justamente Mathias transtornado de ciúmes pelo amor platônico que ele tinha por mim. Ele estava enraivecido por achar que meu marido tinha me roubado da vida dele.

Meckenna estava vidrada, de boca aberta escutando o que a síndica estava acabando de lhe retratar. E Melissa continuava:

— Raví se levantou para tentar segurá-lo de uma forma que eu só imaginava correr, para pegar meu filho no quintal e tirar da vista dele, toda aquela confusão que se formava. Anos antes, Mathias já falava para mim que preferia a morte do que me ver ao lado de Raví e meu filho. Só para você entender o nível de transtorno daquele homem! O que eu não esperava... é que a morte seria concretizada. Mathias não estava falando sobre suicídio. Ele queria a morte do meu marido e do meu Noah... — lamenta Dona Melissa.

— Mathias matou na minha sala, o meu filho de três anos que eu não conseguir segurar a tempo, e o meu marido. Raví até tentou resguardar o nosso filho...

— Mas como foi isso, Dona Melissa? Como foi que ele conseguiu fazer uma atrocidade dessa? — Pergunta Meckenna revoltada.

— Eu não gosto nem de lembrar muito os detalhes de como tudo aconteceu, minha querida. Eu só sei que a minha vida naquele momento estava destroçada... ele descarregou uma arma na minha família praticamente na minha frente. Raví caiu por cima de Noah e eu vi os dois ali ensanguentados. Apenas uma bala atravessou o meu marido e atingiu também o meu filho. Depois, Mathias saiu correndo feito louco e eu chamei imediatamente o meu amigo médico que morava aqui. Tempos depois desse acontecido o amigo também foi embora. Mas naquela hora de medo o que eu queria era apenas uma ajuda... já era tarde demais. E aí a história você já sabe... de toda dor que é perder um filho e o amor da sua vida.

— Mas e seu Mathias? O que foi que aconteceu com ele?

— Ele cumpriu com apenas 25 anos de reclusão! Por bom comportamento, teve a pena reduzida e agora está em regime domiciliar. Ele não pode sair desse condomínio para nada! E está proibido de se aproximar de mim, principalmente quando eu estou pela vizinha, já que eu continuo morando aqui. Ele precisa e é obrigado a estar recluso dentro da sua casa por ordem judicial.

— Mas porque a senhora ainda continua aqui? — Pergunta Meckenna sem entender.

— É porque aqui é a minha história... aqui é o meu lar... aqui é onde eu recordo do meu marido e do meu filho! E é aqui que ainda vou continuar a viver. Poder administrar essa vizinhança e de receber pessoas tão maravilhosas como você...

— Eu entendo... — Interrompe Meckenna. — Mas o que não entendi ainda é que se Mathias não consegue e não pode sair para canto nenhum... quem é que faz as compras dele? Quem é que o auxilia em sua vida? Porque a gente não consegue fazer tudo sozinha apenas dentro desse condomínio.

— Ah, então quer dizer que você não sabe ainda, né? Também pelo decorrer do tempo, eu acredito que ele ainda iria falar para você! Acontece que o marido do seu irmão é o filho de Mathias!

— A senhora quer dizer Martins?

— Isso! — Confirma Dona Melissa.

— Martins Gonçalves, é filho de Mathias Gonçalves!

— Meu Deus, e o que Kauê acha disso?

— Ah, minha filha, Kauê não tem o que achar! Simplesmente ele ama Martins e ele não pode culpar o filho pelas atrocidades e problemáticas do pai. Eu mesma fui até Kauê para contar toda essa situação, logo no início do relacionamento dele, e tranquilizá-lo, incentivá-lo a construir uma vida ao lado de quem ele mais ama.

— É verdade, Dona Melissa, a senhora tem toda razão. É porque eu sou muito assustada e penso bastante sobre como as pessoas podem se sentir diante de uma situação tão complicada quanto esta. Principalmente quando se estar tentando construir um relacionamento. Afinal de contas, é um exemplo negativo que se tem de uma observação... Um pai assassino por conta de um romance platônico! E Kauê...

— Minha nossa senhora! Meckenna já passou tanto tempo e a gente aqui conversando, eu preciso ir! Eu

preciso pedir para Théo verificar algumas contas minhas.
— Interrompe desta vez Melissa.

— Tá certo Dona Melissa. Vou lhe acompanhar até a porta. Eu já estou muito honrosa em ter a sua companhia e da sua confiança em contar um pouco da sua história para mim. Mesmo eu sendo novata por aqui.

— Eu que agradeço! — Sorri Melissa. — Agradeço sua delicadeza e gentileza. O café também estava ótimo! Outra oportunidade eu voltarei aqui. Quem sabe você não faz um pouco mais de companhia para essa velha desgastada.

E com o sorriso no rosto, e um abraço caloroso em Flauer Meckenna, Melissa volta para sua residência. Meckenna fecha a porta e corre imediatamente para o celular. Ela liga para Kauê que naquele momento não lhe atende.

Dona Melissa é uma senhora simples, mas com um temperamento muito autêntico e forte para a maioria das mulheres. Já em sua casa ela liga para o vigia Théo e pede para ele ir até a casa vazia, arrumar e espanar sem que ninguém possa entrar com ele. Para ela a casa é intocável! Foi lá que viveu com seu filho e o seu esposo falecido. Para os moradores daquele condomínio, Dona Melissa mantém todos os móveis antigos na residência antiga. Mudou-se para outra casa no mesmo condomínio, mas deixa a outra casa que ninguém tem acesso como um museu da sua vida. É claro e lógico que isso é apenas uma percepção e um achismo dos moradores, porque ao certo ninguém sabe o que tem dentro da casa vazia.

Toda movimentação do condomínio, Mathias Gonçalves, mesmo estando recluso em sua residência, consegue ter a percepção de tudo.

— Martins, por favor! Cadê aquela torta que pedi para você comprar na cidade e você não trouxe? — Diz Mathias para seu filho.

— Contenção de custos papai, o senhor ultimamente está pedindo muita coisa e nem tudo a gente pode trazer com o dinheiro que nós temos.

— Então desapareça da minha vista! Não quero ver mais a sua cor aqui.

— Ok...Eu vou... até porque, é capaz do senhor também me matar. Né?

Martins, bate a porta da casa do pai e segue em direção de sua residência. Para Martins, seu pai é como se fosse um problema que todos fingem ter superado naquele condomínio. Mas, no fundo, Mathias Gonçalves continua na realidade sendo um estorvo que incomoda qualquer calo. De moradores veteranos a novatos, todos veem com cautela a existência de um assassino recluso no condomínio. E o mais surpreendente é que a vítima mora quase ao lado do seu agressor.

• • •

Passam algumas horas e Kauê se prepara para sua última regência de aula na faculdade. Enquanto Martins arruma a casa furioso com a lembrança da austeridade de seu pai. Mathias Gonçalves é um homem enigmático. Ninguém sabe ao certo quais são as reações e o que se passa na mente daquele homem.

Na residência de Dona Melissa, ela está a relembrar os

tempos de ouro da sua vida com seu filho e o seu esposo. Revê álbuns fotográficos, na tentativa de querer voltar ao tempo, mesmo sabendo que tudo isso é impossível. Não tem um dia que Dona Melissa não pare para lembrar da vida que ela poderia ter e que lhe foi tomada. A última fotografia do álbum é de Noah sorrindo segurando um candeeiro quebrado.

O registro daquela foto faz Melissa recordar que o seu esposo gostava de sair para buscar os mantimentos na cidade para trazer ao condomínio que era mais afastado da cidade.

Ele sempre costuma voltar tarde. Antes de ter o acesso à energia elétrica o caminho era praticamente escuro. Seu Raví usava o candieiro para iluminar a sua passagem e muitas vezes por não ter condições financeiras, ele percorria a estrada durante a noite. Certo dia, uma cobra, que muitos daquela região conhecem por ser a cobra que não gosta do fogo, se atirou contra seu Raví enquanto passava. Ele acabou caindo de susto e derrubando o candeeiro no chão que se apagou. Mesmo assim ele foi com o candeeiro quebrado até a sua residência no condomínio, apenas sendo iluminado pela luz da lua cheia. Quando chegou em casa, ao ver a cara do seu esposo assustado, Melissa simplesmente pegou a máquina fotográfica e tirou a foto do filho segurando o candeeiro quebrado do pai.

As recordações são muitas, mas todas nos máximos detalhes da amorosidade.

Vinte dias depois!

— Dona Melissaaaa! — Chega o vigia histérico na casa da síndica.

— O que foi homem? Que susto!

— Dona Melissa, a senhora não sabe o desastre que acabou de acontecer!

CAPÍTULO 3

MÚSICA QUE ME SERVIU DE INSPIRAÇÃO PARA O CAPÍTULO A SEGUIR:

Caso queira ler o capítulo ouvindo a música, aponte o seu celular para o QR Code abaixo.

APROVEITE:
O Fortuna – André Rieu | Spotify

3

24 HORAS DEPOIS DO ASSASSINATO

— Olá, ótima tarde! Eu sou o investigador da morte de Flauer Mechenna.E a partir da agora, todos os moradores deste condomínio estão proibidos de saírem de suas residências até que essa investigação seja concluída.— Comunica o Investigador. — Por hora, eu comunico que nenhum dos moradores saberão do meu nome. Caso queiram se reportar a mim, basta me chamar de Investigador!

Em uma sala reservada no condomínio, providenciada pela polícia, ele pergunta para seu Mathias Gonçalves:

— Pelo fato do senhor já responder por um crime de assassinato... para mim, já és o principal suspeito dessa investigação e acredito não ser surpresa para ninguém. Mas eu quero saber o que você tem para me dizer em sua defesa, Mathias?

— Muito engraçado! O senhor é o investigador e já chega me acusando? Sem nenhuma prova, com base apenas numa pena que cumpro? Já estais me saindo de um belo investigador de início.—Ironiza Mathias.

— Mas para tranquilizar o seu coração, eu já começo dizendo que não matei Flauer Meckenna.

— Certo, isso é o que todos os criminosos me falam. Eu já sou acostumado em ouvir desculpas! — Pergunta novamente o investigador. — Diante da brutalidade em que Meckenna foi morta, eu pergunto mais uma vez! O senhor tem o que para me dizer em sua defesa? Qual o seu relacionamento com Mechenna e com os demais vizinhos até a data da morte? Me conte o que sabe e que os outros não sabem. Eu sou todos os ouvidos!

— Tudo bem, eu vou lhe contar. Muito antes de Meckenna chegar neste condomínio. Kauê, o irmão dela, chegou aqui justamente com as mesmas situações. Por ser mais próximo do local da universidade que ele trabalha e tudo mais... Até a altura daquele campeonato, o meu filho morava comigo.

— Como é o nome do seu filho?

— Martins!

— Martins Gonçalves?—Anota o investigador interessado.

— Exatamente. Vai me deixar continuar ou não? Eu sabia que meu filho era diferente desde quando ele era pequeno. Foi esse Kauê chegar e ele logo se rebelou. Se conheceram na universidade. Então, eu o fiz sair de casa porque eu não aceito aquilo.

— Não aceita aquilo o quê, Mathias? Não estou entendendo!

— O meu filho é GAY! Entendeu agora? — Grita Mathias.

— Ah, entendi... O senhor além de ser assassino é preconceituoso? — Fala o investigador sussurrando.

— Não me importa a sua opinião! Eu só quero que você escute o que eu tenho para dizer! — Retruca Gonçalves com mais rispidez.

— Adiante!

— Desde então, meu filho saiu de casa e casou com esse Kauê. Ele apenas mantém um vínculo de fazer as obrigações para o seu pai que não pode sair de casa. Faz minhas compras, paga a conta de água e todas as outras coisas que você já sabe. A única verdade sobre o que eu sentia de Meckenna era a raiva! Por ela ser irmão dele... do cara que transviou o meu filho. Eu a odiava igualmente! Mas tenha certeza que eu não a matei. Mesmo não gostando de um fio de cabelo dela.

— Certo. Eu pressuponho que para o senhor não sair da área do condomínio, mais especificamente da sua residência, me deixa entender que não esteve presente na cena do crime?

— Não estive presente, mas eu ouvir algumas movimentações deste lado de cá. Minha casa é quase em frente da casa dela. Eu escutei os tiros!

— Quanto tiros você escutou?

— Olha, se não me falhe a memória, foram apenas dois tiros.

— Interessante. — Diz o investigador anotando tudo. — Eu vou parar a nossa conversa por aqui. Depois nós continuamos em outro horário. Muito obrigado senhor Mathias Gonçalves.

— Eu sou obrigado, né?

— Óbvio! O senhor é duplamente obrigado justamente por já possuir uma pena nas costas! Até mais...

O Investigador levanta-se do sofá e segue em direção à porta para chamar o próximo suspeito. Aquela investigação era só o início da ponta de um iceberg.

Um pouco mais de 24 horas depois da morte de Flauer Meckenna, o mapeamento do assassinato começava a ser construído.

— Kauê! Por gentileza é sua vez. — Entra Kauê

na sala do Investigador e escuta:

— Kauê, onde você estava no dia da morte da sua irmã?

— Eu estava na minha casa investigador. Eu tinha recebido uma ligação dela, quando eu ainda estava no meu trabalho. Eu sou professor de uma universidade aqui perto e tinha marcado para visitá-la posteriormente. Mas aí, tive outro a fazer e demorei um pouquinho mais. Ela havia me ligado, mas só percebi a ligação perdida após ver o corpo dela dentro da casa. Quando eu cheguei em casa, que comecei a organizar algumas coisas, porque Martins não estava, eu escutei três tiros.

— Só um momento, você acaba de dizer que escutou quantos tiros?

— Eu escutei três tiros, sem nenhuma sombra de dúvida! A minha casa é o lado da Meckenna. Eu até pensei que poderia ser fogos, mas fogos é mais espaçado e os tiros foram quase que seguidos. Ouvi o primeiro tiro, depois de uma pequena pausa, logo em seguida dois tiros.

— Entendo Kauê, é que eu estou em conflito com as informações de outros depoimentos... eu não posso dizer de quem, mas o que me foi dito é que seria apenas dois tiros escutado por este investigado. Então você me confirma que foram três?

— Exatamente seu Investigador, foram três tiros!

— Então prossiga.— anota o Investigador.

— Eu fiquei temeroso, procurei mais uma vez Martins e não encontrei. Foi quando eu decidi antecipar a minha visita para Meckenna, visto que senti que o tiro foi próximo. Fui em direção da casa dela, ao me aproximar, eu já percebi que a porta dela estava aberta... totalmente aberta. E quando eu subi os degraus, que fui entrando na residência, eu já vi toda a casa melada de sangue, como se alguém tivesse arrastado o corpo dela para vários sentidos. E lá estava a minha irmã... eu gritei desesperadamente para os vizinhos entender que havia acontecido um assassinato... Kauê dá uma breve pausa emocionado.

O Investigador informa que aquela situação da pergunta já bastava para ele. Na tentativa de se recompor, Kauê faz o sentido de que o Investigador poderia prosseguir.

— O que eu queria que você deixasse bem definido... como era o relacionamento da sua irmã com você e como era o relacionamento dos vizinhos para com ela? Existe para você alguém suspeito que possa justificar o injustificável?

— Depois do crime acontecido. As únicas pessoas que eu tenho quase certeza que não cometeu este crime... meu esposo Martins, a mim, Dona Melissa e a esposa de seu Apollo, o restante todos os outros, eu tenho uma leve desconfiança. Inclusive o vigia que sumiu e que havia se apaixonado por ela!

— O vigia e alguns vizinhos são suspeitos em sua visão?

— Investigador, Dona Melissa é uma senhora que cuida daqui exemplarmente. Eu não gostava apenas do vigia que ela tinha, ele sempre andava com o olhar preocupado ou desconfiado de algo. Mathias Gonçalves, pai de Martins, já é um criminoso. Eu não me conformo que a justiça tenha permitido com que ele esteja neste condomínio em prisão domiciliar. Ele pode sair para qualquer lugar deste condomínio, exceto quando existe a presença de Dona Melissa... Dona Elis, esposo do seu Apollo, é uma barata tonta que aceita tudo que suas filhas falam! Inclusive, algumas de suas filhas não gostavam de Meckenna, tinha atritos na universidade com ela por questões de ciúmes dos filhos de Bento e Ágata. Seu Apollo sempre foi uma incógnita para mim, principalmente depois de alguns desconfortos com meu esposo. Então resumindo, para mim quase todo mundo é suspeito! Eu acho muito válido a sua observação que todos nós somos suspeitos, inclusive eu... mas em minha defesa, eu que presenciei e constatei o corpo da minha irmã. E outra... eu a amava! Ela era a irmã que eu estava saudoso em receber aqui, após nós passarmos mais de 80 dias juntos logo após anos separados.

— Então, se você fosse às segas apontar o potencial criminoso para o assassinato da sua irmã seria?

— O vigia Théo ou Mathias Gonçalves! Não pelo fato dele já ter cometido o assassinato, mas pelo fato dele não gostar de mim, consequentemente não gostar dela por ser a minha irmã. O fato dela apoiar o relacionamento do filho dele comigo, sempre deixou claro que odiava a mim e Meckenna. E se ele tivesse alguma oportunidade de fazer alguma coisa, ele faria! Eu não estava... talvez... teve que ser a minha irmã...

— Ok, Kauê, só a última pergunta, por que você acha que seu esposo não possa ser um suspeito? Para você, ele está fora de cogitação de ser o assassino da sua irmã, mesmo ele ser filho do seu sogro assassino? Como é o vínculo de Martins com o pai Mathias?

— No início, Meckenna gostou muito de Martins. E Martins se identificou muito com Meckenna. Conversamos muito sobre como nós construímos o nosso relacionamento. Ela sempre nos confortou e nos fortificou para que a gente possa continuar juntos. De vez em quando os dois estavam aqui, me esperando, quando eu estava exaustivamente trabalhando na universidade com pesquisas atrás de pesquisas. Então eu vi o relacionamento dos dois fluir muito bem. Em contra partida, o relacionamento do meu esposo com seu pai era péssimo. Ele tem obrigações por ser filho e tem o caráter de entender que mesmo tendo um pai que não vale uma cinza, ele compreende que possui uma responsabilidade com aquele homem. Então, o conhecendo de muitos carnavais, eu não acredito que ele tenha feito essa atrocidade com Flauer Meckenna.

— Certo Kauê, por hoje é só! — Encerra o Investigador. — Amanhã, eu vou conversar com Martins e colher o depoimento dele. Muito obrigado pela sua disponibilidade e saiba que eu vou recorrer a você em outros momentos!

— Eu que agradeço, Investigador! Eu espero de fato que o senhor desvende quem fez isso com minha irmã e que essa pessoa colha pela justiça o que cometeu.

— Essa é a minha missão! — Garante o Investigador

Kauê sai da sala do interrogatório pensando em todos os questionamentos que lhe foi feito naquele dia. Ele volta para sua residência e se questiona porque que o Investigador está associando seu marido com o assassinato da sua irmã.

— *Será que existe alguma suspeita? Algum dado que ele colheu, que eu não tenho para que ele possa levantar essa opção de investigação?* — Pensa Kauê com os seus botões.

— Não, não, Martins não faria isso com minha irmã! Eu o conheço! — Fala Kauê em voz alta, adentrando a sua residência.

— Eu não faria o que amor?

— Ai, que susto Martins! Eu tinha esquecido que você estava aqui me esperando. É que o Investigador fez algumas perguntas e tinha alguns momentos que ele estava insinuando que você poderia ser o assassino de Meckenna. Tem lógica isso?

— Não tem lógica nenhuma! — Martins esbugalha os olhos.

— Até porque amor, para que uma pessoa possa cometer um assassinato desse tamanho, tem que ter uma motivação por trás. Eu acho coerente o Investigador desconfiar de qualquer um. Uma vez que só você encontrou o corpo de Meckenna dentro de um condomínio com oito casas, disposta em círculo, sendo que uma das casas é uma casa vazia que ninguém tem acesso, controlada pela síndica.

— É, eu sei, eu sei disso. É só porque tudo isso me deixa muito confuso... Na realidade, eu estou cansado.

— Eu sei amor. — Abraça Martins calorosamente o seu esposo.

— Ele disse que amanhã vai te interrogar! E eu acho que ele vai começar por você. — Diz Kauê e Martins esbugalha os olhos novamente.

— Isso é chato, né? Mas se existe um assassino entre nós, ele tem que investigar e ninguém pode ser isento das possibilidades de ser suspeito. Mesmo o marido do irmão da assassinada!

— É verdade.— Confirma Kauê.

— Por hoje eu só quero dormir meu amor. Vou tomar aquela ducha, comer alguma coisa e cama.

— Vá, vá, você está certo. Precisa descansar!

— Nós precisamos descansar disso tudo!

Kauê abaixa a cabeça, pega a toalha e segue em direção ao banheiro. E antes de adentrar ele se vira, escorando no umbral da porta e pergunta para Martins.

— Meu amor, você sabe que ele vai perguntar de tudo na investigação... E antes que você diga qualquer coisa para qualquer outra pessoa, tem alguma situação que você queria me dizer? Alguma coisa que você queria me contar do que aconteceu por aqui e que nunca me contou? Não necessariamente sobre o assassinato de Meckenna, mas qualquer coisa... porque ele vai voltar a me questionar.

— Absolutamente, Kauê. Esse não é o momento de ficar paranoico. Vamos simplesmente falar o que a gente sabe e a verdade vai revelar a solução do problema.

— Está bem!

Kauê fecha a porta do banheiro. E Martins vai para o sofá, se senta e põe a mão no rosto... nos cabelos... também fica reflexivo. Preocupado com o estado do companheiro, além de saber que naquele condomínio existe um assassino a solta. Ele se pergunta em quem matou Meckenna?

● ● ●

No dia seguinte, o céu amanhece nublado como se previsse as problemáticas do desabrochar da investigação de Flauer Meckenna. Logo nas primeiras horas do dia, antes do Investigador reunir novamente todos os moradores do condomínio, Dona Melissa faz uma ligação para Martins.

— Olá meu filho, como é que você está? Eu quero saber se você está precisando de alguma coisa, porque eu sei que tudo isso, esse redemoinho que está acontecendo nesse condomínio, está mexendo diretamente com você e seu esposo.

— Não, Dona Melissa, eu estou bem na medida do possível.

— Está certo! O motivo do meu contato é só para lhe pedir que não fale nada sobre aquela situação com o Investigador. Eu já segurei por tanto tempo e eu tenho medo do que Gonçalves pode fazer se descobrir.

— Não se preocupe, Dona Melissa. Eu não vou falar desse assunto. Se precisar ser dito, que seja pela sua boca. O que me preocupa é se em algum momento o Investigador identificar que possivelmente exista um envolvimento meu nessa questão... de uma forma ou de outra ele vai chegar. E por falar nisso, onde está Théo? Desde que tudo aconteceu o vigia sumiu e o Investigador quer falar com ele também!

— Ah, nem me fale! Eu ligo, ligo e ele não me atende, não sei o paradeiro desse homem. E ainda tenho medo que ele fale sobre aquela questão. Enfim, Martins muito obrigada!

— Por nada, Dona Melissa, fique em paz!

— Amém, meu filho.

Um fato importante a ser observado, é que depois do assassinato de Meckenna naquele condomínio, muito se comenta o desaparecimento do vigia Théo. Que ele ficou assustado e com medo de ser responsabilizado, principalmente porque ele deveria ser o primeiro a ver o ocorrido. Afinal de contas ele é o vigia e também um dos moradores.

Passado algumas horas, todos os inquilinos estavam reunidos novamente na área específica, instalada pela polícia para a investigação do caso. Na sala do investigador já se encontrava Martins dando seu depoimento.

— A incógnita da questão, Martins, é saber onde você estava no momento do assassinato de Flauer Meckenna.

— Estava na minha casa.

— Oi? Espere... eu quero saber quem está equivocado? Não é esse dado que confere no depoimento do seu esposo. Ele nos conta que você não estava em casa no momento que ouviu os tiros.

— Sim! É verdade seu Investigador, eu me enganei! Eu estava em casa, mas antes de Kauê chegar eu recebi uma ligação de Elis, a esposa de seu Apollo, nós somos os vizinhos mais próximos deles. Ela disse que Apollo estava muito nervoso e que eu fosse lá ajudá-lo. Eu fui lá, na volta para minha residência, foi quando eu escutei os gritos de Kauê pedindo ajuda na casa de Meckenna.

— Então você me deixa entender que não ouviu os tiros contra Meckenna. Correto? — Pergunta o Investigador.

— Não, eu acredito que a maioria do condomínio ouviu, mas eu estava ajudando seu Apollo a ser recompor. Ele estava passando por uma crise de nervos.

— Então você me confirma que estavas com Elis e Apollo juntos no momento do assassinato?

— Isso, exatamente! Nós não pudemos ver nada, só depois que fomos nos dar conta do que estava acontecendo na nossa vizinhança.

— Veja bem Martins, eu vou precisar repetir que para mim, todos são suspeitos inclusive você! A partir do momento onde você me confirma que esteve na presença de Elis e Apollo, se em algum ponto da investigação for sinalizado que um dos possíveis assassinos seja o seu Apollo ou Elis, automaticamente eu confirmo que você esteja mentindo neste seu depoimento e que provavelmente você esteja acobertando, sendo cúmplice do assassinato, entendido?

— Perfeitamente, seu Investigador, mas não tem como sua linha de investigação apontar para o que não seja verdade. Eu estou lhe contando a verdade, logo não acontecerá isso que o senhor está me dizendo. Seu Apollo é um senhor com espírito jovial, mas é uma ótima pessoa, e eu não tenho nem o que falar de Dona Elis que sempre esteve e estar ao lado do seu marido, para o que der em vier.

— Qual é o relacionamento de você com seu pai? Pois temos a informação que seu pai cumpri regime domiciliar neste condomínio. — Muda de assunto o Investigador.

— Antes de mais nada, eu quero dizer que eu estou falando do meu pai. Antes dele ser um criminoso, antes dele cometer um assassinato, antes dele ser um psicopata, antes dele ser qualquer coisa que se achar, ele é o meu pai! O meu relacionamento com ele é de filho e pai. Eu não me responsabilizo pelos atos dele, assim como ele não se responsabilizará pelos meus atos. Eu ajudo ele como posso, dentro das minhas possibilidades, visto que ele não pode sair do condomínio, por estar cumprindo um regime domiciliar e por ter uma ordem de restrição e afastamento sobre Dona Melissa.— Continua Martins. — Eu abomino tudo o que meu pai fez, mas eu não posso deixar de ajudá-lo, por questões de humanidade! Neste condomínio estamos distantes de tudo...para fazer compras, visitação...é uma maior problemática. Nós só estamos morando aqui porque é perto da universidade que meu esposo trabalha. Fora isso, nós não estaríamos nesse fim de mundo. A estrada para chegar aqui é horrível, não tem iluminação a não ser aqui no condomínio.

— Você e Meckenna já teve alguma discussão? Como era o relacionamento dos irmãos Meckenna, ou seja, seu marido e a irmã assassinada?

— Ah, seu Investigador não tinha como ninguém discutir com Meckenna! Ela era muito doce, uma pessoa tranquila, ímpar! Quem fosse brigar com Meckenna seria uma briga monóloga — Sorri Martins — só a outra pessoa iria discutir, Meckenna jamais! Além disso, eu não conheço muito a família do meu esposo, a única familiar que eu pude ter contato nesses últimos meses foi Meckenna, então não tinha como não gostar dela. E o relacionamento do meu esposo com ela, pelo que ele havia me dito, sempre foi pacificador, sempre foi de irmãos de uma família unida mesmo que separada fisicamente, mas que quando se reencontravam, era festa... só alegria. Uma pena a fatalidade que aconteceu. E por ser com uma familiar do meu marido, eu sinto o dobro.

— A última pergunta, por hora, para você Martins. Quem você me indicaria como o principal suspeito para o assassinato de Meckenna?

— Com todo respeito, sobre isso eu não consigo opinar! Quem deve discernir sobre quem é o culpado, é o senhor, o investigador... só afirmo que eu, Apollo, Elis e o meu esposo não são responsáveis pela barbaridade que aconteceu com Flauer Meckenna. Agora, eu indico ao senhor questionar melhor Dona Melissa! Porque até o momento o vigia desse condomínio não apareceu após a chegada de vocês, aliás, após todo o acontecimento! Eu acredito que ela deve ter informações sobre isso.— Termina Martins.

— Eu fico grato pelo seu esclarecimento Martins, você está dispensado.

É nítido notar a complicação em que está instaurada essa investigação. Em uma conversa reservada com o delegado, o Investigador informa que os principais suspeitos naquele momento é o vigia desaparecido e Mathias Gonçalves. Ele solicita o recolhimento de impressões digitais que possam estar presente na residência do assassinato de Meckenna e pede a análise balística dos disparos efeituados naquela ocasião. Em paralelo a isso, por ordem da investigação, os policiais fazem buscas pelo vigia Théo. Até o momento, o Investigador não descarta nenhuma linha investigativa.

— Por favor, pode entrar agora senhora Melissa! Como se levasse um choque de despertar. Dona Melissa levanta da cadeira e vai em direção a sala do interrogatório.

— Bom dia, Dona Melissa, como vai?

— Tudo na medida do possível, Investigador. O que posso lhe ajudar a desvendar esse crime ocorrido no meu condomínio?

— Primeiro eu quero entender, por que a senhora tem uma residência fechada a sete chaves, sem acesso de ninguém a não ser de um vigia que nesse momento se encontra desaparecido? — O Investigador vai direto ao ponto.

— Porque lá está minha história! Lá é o meu refúgio, é a minha vida parada no tempo. — Fala Melissa emocionada. — Como sempre conto para todo mundo que me pergunta, para todo mundo que chega aqui, depois que o meu marido e meu filho foi morto por Mathias Gonçalves, eu não consigo me desapegar daquelas minhas lembranças que existem lá. Então eu não permito que ninguém mexa, que ninguém altere nada. Muito menos morar.

— E sobre o vigia Théo, o que a senhora tem a me falar?

— Convenhamos que uma pessoa ao desaparecer após um crime, se torna a principal suspeita!

— Por dedução, eu posso identificar que a senhora esteja acobertando, escondendo ele... ou a senhora não sabe de nada?

— Ôh, meu filho! É isso que tanto me preocupa! Que bom que o senhor está me dando a oportunidade para falar e me explicar. — Continua Melissa.

— Primeiro, eu fiz uma seleção, há muito tempo, sobre quem iria vigiar esse condomínio, principalmente por eu ainda possuir receio das reações e do que Mathias ainda pode fazer. Eu não consigo sair daqui, mais uma vez, aqui é o meu lugar. Não será um assassino que vai fazer com que eu me retire daqui! Se alguém precisa se retirar daqui, que pra mim seria a maior verdadeira justiça, seria ele e não eu! Aqui eu permaneço porque eu não tenho nada a perder. Na época, o vigia mais qualificado foi o Théo. Eu achava que ele era um bom homem. Fazem cinco anos que ele presta serviços para mim. Sempre foi de minha confiança! Tudo que eu peço pra ele, tudo que eu preciso, ele fazia. Ele cumpria com suas responsabilidades. E eu não vejo nenhum outro motivo do porquê que ele mataria Meckenna ou qual seria a motivação do seu desaparecimento. Se é que existe motivo pra se matar alguém.

— Então, por que ele sumiu Dona Melissa? Não é um desaparecimento comum, visto que ele já está aqui há um pouco mais de cinco anos.

— Eu não sei, seu Investigador, eu sei que ele não tinha motivo pra fazer o que ocorreu, essa atrocidade. Essa ação que ele está fazendo, em não aparecer, realmente me deixa confusa e sem maneiras de defendê-lo.

— A senhora conseguiu escutar os tiros da sua residência?

— Consegui sim, foram três disparos!

— E a senhora estava na sua casa?

— Estava em minha casa.

— Para senhora, quem foi que matou Meckenna?

— Olha Investigador, os problemas que eu soube de Meckenna com alguém aqui, só foram com uma das filhas de seu Apollo e com um dos filhos de Bento, todos moram aqui no nosso condomínio. Eu também não posso deixar de considerar Mathias, pelo fato dele já ter matado meus familiares. E agora esse sumiço de Théo, que me deixa mais confusa. Não posso negar que o vigia se torna uma pessoa inconfiável pra mim.

— É admirável que a senhora é muito segura de si, não é Dona Melissa? Mas eu quero quebrar um pouquinho essa sua segurança e saber pela sua livre espontânea vontade. Sem precisar de um mandado judicial, a senhora me apresentaria essa casa vazia que ninguém visita? Nesse momento Dona Melissa se agita, coloca as mãos na cabeça, mas não retruca.

— Tudo bem Investigador. Eu levo o senhor até a minha vida passada.

Os dois se levantam e saem juntos da sala de investigação. O Investigador comunica para os outros que estão em espera do interrogatório:

— Todos vocês estão dispensados por hoje! Eu não vou colher nenhum depoimento a não ser da senhora Melissa. Muito obrigado pelas suas disposições! Entendam que ainda estão proibidos de saírem do condomínio a não ser por algumas ações em que vocês sejam acompanhados pelos policiais. E por favor, evitem comunicações entre si neste momento de recolhimento dos depoimentos. Isso pode prejudicar vocês.

Um silêncio estarrecedor toma conta daquele ambiente e todos saem lentamente. A síndica mais a frente, guia o Investigador até a casa vazia. A investigação está ocorrendo na praça central pentagonal do condomínio. E a casa vazia, que fica ao lado de Meckenna, é a principal fonte de observação naquele momento. Dona Melissa embora preocupada, se mostra serena e tranquila. Ela Abre o portão principal da residência, pela porta da frente adentra junto com o Investigador. Essa é a primeira vez em 30 anos que uma outra pessoa acessa aquela residência, que não seja ela ou o vigia desaparecido.

— Muito bem... seu Investigador, aqui foi onde aconteceu outros dois assassinatos. A do meu esposo e a do meu filho. Eram esses os móveis. Era esta casa que eu vivi e que parou no tempo.

O Investigador se mantém em silêncio, observando cada detalhe de décadas atrás. Abismado com a limpeza, nada deteriorado, tudo exatamente no mesmo lugar, como se fosse um museu vivo. A sensação era como se estivesse entrando num portal do tempo, saindo do século 21 para as décadas de 90.

— Eu estou impressionado! Como a senhora deixou esse ambiente exatamente como se alguém estivesse vivendo ainda aqui, parece até que alguém vai sair de algum cômodo para nos receber. Todos falavam que era uma casa vazia, mas está completa!

— Isso para mim é um elogio seu Investigador! Mas na realidade o que nos recebe aqui é a história da minha vida.

No momento, os dois se sentam e o Investigador verifica um pouquinho lá ao fundo que existia um portão trancado no chão. Como se fosse um porão. Mas sem se atentar muito a este detalhe, ele volta a olhar para Dona Melissa. Olha fixamente por alguns segundos e questiona:
— Sabe o que eu não entendo Dona Melissa? O motivo que a senhora continua aqui? Saia daqui! Vá embora para outro lugar! — Aconselha o Investigador.
— Eu não posso sair daqui... — Quase chorando, ela faz uma revelação. É a verdade que o senhor quer...lá vai... a quase 30 anos atrás, Mathias Gonçalves matou o meu marido e eu construir uma narrativa que ele também tinha conseguido matar o meu filho.— O Investigador aperta os olhos como se quisesse espremer a confissão da síndica.
— Mas na verdade o meu Noah sobreviveu! E eu o escondo arduamente, esses anos todos, no subsolo desta casa...

CAPÍTULO 4

**MÚSICA QUE ME SERVIU DE INSPIRAÇÃO
PARA O CAPÍTULO A SEGUIR:**

Caso queira ler o capítulo ouvindo a música, aponte o seu celular para o QR Code abaixo.

APROVEITE:
Theme The Walking Dead Instrumental – Myuu (Bear McCreary) | Spotify

4

70 DIAS ANTES DA MORTE

É possível notar uma jovem feliz e contente com o progresso que estava fazendo em sua faculdade. Flauer Meckenna tinha uma rotina simples e fácil de ser percebida. Chegava pontualmente sempre as 19 horas. Em uma bela noite, Meckenna chega mais cedo com o auxílio do transporte universitário da sua faculdade. Ela entra em sua residência e se joga no sofá na vontade de descansar de um dia puxado.

Meckenna vai posteriormente tomar o seu banho em sua banheira como a rotina noturna de qualquer estudante. Ao adentrar no seu quarto, ela fica em estado de choque ao observar o seu guarda-roupa totalmente revirado. Seus perfumes espalhados, revirados...e suas roupas, principalmente íntimas, também completamente fora do lugar. Todas as portas estavam abertas.

Meckenna imediatamente liga para seu irmão Kauê.

— Kauê, eu acho que alguém entrou aqui na minha casa. Meu guarda-roupa está totalmente revirado.

— O quê? Como assim Flauer? Você precisa então comunicar a polícia!

— Sim, sim! Eu vou fazer o seguinte. Eu vou entrar em contato com o Vigia Théo e verificar se ele não observou nenhuma irregularidade, nenhuma anormalidade aqui no condomínio. Ele deve me orientar como devo proceder.

— Certo minha irmã, faça isso!

Meckenna desliga o telefone e imediatamente liga para o vigia que logo lhe atende:

— Alô?

— Alô, aqui é Meckenna! Tudo bem?

— Tudo, Dona Meckenna, tudo bem! Como a senhora vai?

— Na verdade Théo, eu quero que você me informe se houve alguma pessoa diferente no condomínio... se você viu alguma movimentação estranha? Porque eu estou achando, com quase toda a certeza, que alguém invadiu a minha casa!

— Como assim, Dona Meckenna?

— É porque o meu guarda-roupa está totalmente revirado. Nada sumiu da minha casa, nada que estou vendo foi roubado, mas os meus perfumes e o meu guarda-roupa está completamente mexido. Eu não consigo identificar ainda se alguma roupa minha foi retirada, mas o meu guarda-roupa... parece que passou um vendaval. Eu cheguei há pouquíssimos minutos, só fiz tomar um banho e estou aqui em estado de choque. Isso nunca havia acontecido comigo em lugar algum. Estou há ponto de chamar a polícia!

— Não, Dona Meckenna. Não faço isso, não faço isso! Se não, a senhora vai me prejudicar. Dona Melissa vai me despedir, achando que meus serviços não estão de acordos ou não estão sendo cumpridos. Eu vou prometer a senhora que vou fazer uma guarda nos próximos dias para identificar o que aconteceu com a sua residência. E se eu encontrar algum suspeito, alguma anormalidade eu lhe comunico. Mas por favor, não informe a polícia sobre essa questão. Dona Melissa vai me matar!

— Você me promete então que vai se dedicar melhor nas observações do condomínio? Eu já estou apavorada.

— Vou me dedicar sim, a partir de agora, Dona Meckenna.

— Tudo bem! Théo, eu sei que o que estou fazendo é errado, o correto era para chamar a polícia, mas eu vou confiar em você. E vou fazer dessa forma pensando no que você está me dizendo para não lhe causar nenhum problema.

— Está certo, muito obrigado! Eu vou averiguar e dar uma posição.

Meckenna desliga e se volta a arrumar o seu guarda-roupa. Sempre procurando algum vestígio de quem possa ter invadido a sua residência. Naquela região, principalmente pelo condomínio ser um pouco mais afastado da cidade, o acesso é mais difícil. Os moradores costumam deixar as portas de suas residências destrancadas. Não existiu, até aquele momento, nenhum histórico de roubo nem de invasão domiciliar. Naquele dia, Meckenna tinha deixado as portas destrancadas.

Após arrumar o seu guarda-roupa, ela vai até a porta da frente da sua casa e tranca. Em seguida, vai para os fundos, trancar a porta de trás. Só que antes de chegar até a porta, ela escuta um barulho como se a própria porta fechasse rapidamente.

— Quem está aí? Quem está entrando na minha casa? Eu vou chamar a polícia!

Meckenna corre para a janela querendo ver quem saiu da sua residência. Mas ela vê apenas um vulto... alguém de capuz entrando na casa vazia de Dona Melissa, pela porta dos fundos. Ela então decide ligar para a síndica.

— Dona Melissa, veja só, eu acabei de ligar para

o Vigia Théo e ele informou que não houve nenhum problema no condomínio, mas na realidade, eu estou comunicando a senhora que a minha residência foi invadida por alguém que revirou as minhas roupas. Eu não fui roubada, nada saiu daqui. E a pessoa acaba de sair da minha casa pela porta dos fundos e correu para sua casa vazia. Aquela que só a senhora detém as chaves.

— Não, minha filha, isso é impossível! Só quem possui o acesso daquela casa sou eu e o meu vigia com a minha autorização. Mas já que você está me relatando essa situação, eu vou agora verificar com Théo o que está acontecendo, Ok? Aliás, eu vou fazer melhor. Pois nesse momento, estou resolvendo uma questão aqui no encanamento da minha casa que está dando problema. Eu vou mandar Théo verificar! Ele vai me informar se existe algum problema e se tem alguém que está entrando na casa em que eu proíbo o acesso para quem quer que seja.

— Está certo, comunique a todos os moradores para trancarem as portas!

Cinco minutos se passaram e Meckenna observa pela janela que o vigia entra pela frente da casa vazia e fecha a porta. Ela verifica que a luz interna da casa foi acesa. As janelas são clareadas. Ela ver a silhueta do vigia passando pelos cómodos, mas ela não consegue observar os detalhes. Já eram 20:00 horas da noite, Meckenna estava de olhos esbugalhados, querendo saber o que estava acontecendo lá dentro. Ao mesmo tempo que Théo estava na residência, ela olhava para a porta dos fundos para ver se alguém iria sair fugindo daquele local. Nada... 10 minutos se passaram e o vigia continua lá dentro. Ela começa a ficar encabulada, porque já era para ele ter saído com a informação de quem estava lá dentro.

Então, rapidamente ela troca de roupa, sai por trás da sua casa e vai até a lateral da casa que é controlada por Dona Melissa. Ela olha pela janela da casa, próximo da porta onde o suspeito entrou. Está totalmente escuro. Meckenna se abaixa já dentro da varanda da casa vazia. Tentando não ser vista por ninguém, ela chega na outra janela que fica mais perto da porta da frente da residência. Levanta rapidamente a cabeça e vê duas pessoas lá dentro, o vigia e o rapaz suspeito de capuz preto. Ela abaixa novamente e fica tentando ouvir o diálogo que estava acontecendo lá dentro. Mas eles estão quase cochichando, ela não consegue identificar o conteúdo da conversa. E de repente, o vigia apaga a luz e sai pela porta da frente. Meckenna, se esconde na varanda lateral da casa. Ela ver o vigia se afastando e indo até a casa de Dona Melissa, do outro lado da praça pentagonal. Meckenna então levanta e tenta sair lentamente... mas uma madeira em falso faz sua presença ser notada. Meckenna congela! Naquele momento o homem dentro da casa corre até a porta dos fundos. Ela decide também correr, tentando chegar até a sua casa. Mas ela se depara com o rapaz de capuz preto que havia invadido a sua residência.
Meckenna se assusta.

— Quem é você? O que você está fazendo aí dentro? Você invadiu a minha casa! Eu vou fazer uma denúncia!

— Ah, não vai não! E aquele homem a puxa pelos cabelos até o interior da casa vazia. Ela entra forçosamente pela porta dos fundos. O rapaz acende a luz e vira Meckenna de frente com toda força.

— Não faça isso pelo amor de Deus! — Apela Meckenna.

— Eu só queria te conhecer mais... a senhora é

tão linda!

— Quem é você? — Pergunta ela assustada e confusa.

— Eu vou contar quem sou, mas você precisa me prometer que não vai contar a ninguém.

— Tudo bem... com uma condição! Eu não quero mais você na minha casa. Tá certo?

— Pode se sentar, vou pegar um pouco de água. Quer alguma coisa para comer?

— Não! Eu quero ir para minha casa.

— Tá bom. Eu prometo que vou ser breve. Na verdade a senhora não me conhece, mas eu já sou apaixonado pela senhora. Eu só invadi a sua casa para pegar um perfume e uma roupa para me lembrar...

— O que? Você não gira bem, né?

— Não. Eu giro muito bem. Isso é apenas o amor que existe em mim.

— Como é seu nome, rapaz?

— Sou Noah.

— Noah... Noah? — Repete Meckenna

— Sim! — Responde o Rapaz.

— O filho de Dona Melissa? Mas ela disse que você tinha morrido.

— Não. Eu fui vítima, há muitos anos atrás, de uma tentativa de assassinato. Meu pai não resistiu, mas eu sobrevivi.

— E por que você não... E por que você está... Por que você...

— Eu estou escondido. — Interrompe Noah.

— Escondido de quê? Por que?

— O vigia Théo me esconde aqui por todos esses anos a pedido da minha mãe. Se Mathias descobrir que estou vivo, ele vai tentar me matar novamente. Assim como ele acha que me matou há muitos anos atrás.

— Sabe o que eu não entendo, Noah? Do porquê que sua mãe continua aqui, mesmo depois desse homem ter matado o teu pai e tentado te matar. E todos nós achamos que você está morto.

— Exato! E é para ser assim! Ela tem um motivo de não sair daqui. Ela tem medo de sair daqui. Mathias pode descobrir tudo e mandar me matar. Ao mesmo tempo, com a saída dela daqui. Seria mais provável que eu fosse descoberto mais rápido. Ninguém vai procurar nada dentro de uma casa antiga que uma senhora não deixa acessível e conserva feito um museu.

— Você sabe que isso é paranoia da cabeça de vocês dois, né? Se vocês forem para um lugar bem distante daqui, esse homem nunca vai achar vocês? — Diz Meckenna.

— Eu já disse isso para minha mãe, mas ela disse que é um risco que não quer correr. Mathias Gonçalves é muito perigoso. É muito periculoso! Ele conhece muitas pessoas, matadores, bandidos nas redondezas desse condomínio. E ele pode acabar com nossas vidas em um estalar de dedos. Você não tem noção do assassino e da ruindade que ele possui dentro de si.

— Quantos anos você tem Noah?

— Eu estou com 30 anos.

— Meu Deus... Mais de 20 anos praticamente sem vida aqui dentro. Então é por isso que ela não quer e não deixa ninguém entrar nesta casa. Ninguém pode morar aqui porque na realidade é aqui onde você mora.

— Isso! Ela fez um porão lá embaixo, que na realidade é onde eu moro. Embaixo dessa casa tem uma outra casa no subsolo. Feito um bunker daqueles de guerras. E aqui em cima é uma fachada. Mesmo que alguém entrasse aqui, iria ver só esses móveis antigos de 30 anos atrás.

— Entendi tudo! Vamos fazer o seguinte? Eu não vou contar para ninguém da sua existência. Porque você corre risco de vida. Você também não precisa dizer a sua mãe que eu já sei, nem ao vigia. Eu não quero problemas para mim. Mas eu também não quero ver a sua cor na minha frente!

— Mas Meckenna a senhora é tão linda! Eu te amo! — Ele fala como se estivesse em transe.

— Que ama o que... você nem me conhece! — Responde Meckenna irritada. Eu posso até entender os seus problemas depois de passar anos e anos sem ter relacionamentos com alguém. Agora eu não serei a primeira da sua vida!

Com lágrimas entre os olhos, Noah modifica o semblante.

— Vai... vai embora daqui! — Grita ele.

Meckenna se assusta com a raiva repentina dele e corre desesperadamente, saindo pela porta dos fundos daquele lugar, quase mal assombrado e entra como um furacão dentro da sua casa.

De longe, o Vigia Théo já estava chegando perto da casa de Dona Melissa, quando ele ver Meckenna correndo dos fundos da casa vazia, voltando para casa dela que fica ao lado. Théo se desespera e entra de vez na casa de Dona Melissa.

— Dona Melissaaaa! — Chega o vigia histérico na casa da síndica.

— O que foi homem? Que susto!

— Dona Melissa, a senhora não sabe o desastre que acabou de acontecer! Meckenna... eu avistei Meckenna saindo pelos fundos da sua casa vazia.

— Calma homem! Ela é uma boa menina, tudo vai ficar bem! Eu sei que Noah gosta dela, você só precisa controlar ele!

Enquanto isso, Meckenna já em sua casa reflete sobre o transtorno mental daquele rapaz. Depois de vários anos de reclusão, construiu um amor platônico por ela, que não tem responsabilidade nem culpa nenhuma por toda aquela situação. Na verdade, com o passar dos anos, Noah se tornou um homem completamente transtornado, problemático mentalmente, que depois de tanto tempo perdido naquele condomínio e entregue à solidão, viu em Meckenna a possibilidade de poder se relacionar com alguém. Porém, completamente desajustado, não consegue construir um laço saudável. E Flauer Meckenna percebe o problema diante dos seus olhos. Ela só não está mais temerosa, porque acredita que ele não deve fazer nenhum mal por duas circunstâncias: a primeira, por aparentar que Noah gosta dela e que não lhe causaria prejuízos. E a segunda, porque ela prometeu que não diria nada para ninguém, e aquilo seria para ele como uma moeda de troca, ou seja, ele não mexeria com ela e ela não contaria dele para ninguém.

Naquela noite, Meckenna fica a reparar fixamente aquela casa vizinha, completamente escura, assentando as suas ideias e suas percepções sobre toda aquela situação que está instalada no condomínio. E entende que a síndica pretende ficar perto daquele que lhe fez mal, enquanto esconde o próprio filho, quase nas vistas do seu algoz.

É como se Dona Melissa usasse as táticas psicológicas... se você quer esconder algo de alguém, esconda o mais próximo dela possível, que isso se torna mais difícil de ser achado. As vezes o que está na sua cara não é procurado. Além disso, é sempre melhor ter o inimigo por perto e tentar controlá-lo, do que longe sem defesa alguma.

Horas depois do ocorrido, Meckenna não se sente confortável em dormir em sua casa naquela noite, então ela pede para ir dormir na casa do seu irmão.
— O que foi Meckenna, que você está fazendo aqui uma hora dessa? Diz Kauê.
— Eu estou me sentindo tão sozinha. Eu posso dormir aqui hoje? — Meckenna já estava na porta da casa do irmão.

Kauê segura o riso e diz:
— CLARO!

Flauer Meckenna as vezes ver seu irmão comum um pai, principalmente pela diferença de idade que somam quase 17 anos. Ele também enxerga que Meckenna é quase uma filha que nunca teve. A irmã que ele sente a responsabilidade de cuidar.

• • •

Na manhã seguinte, todos os moradores do condomínio seguem sua vida normalmente. Meckenna naquele dia na faculdade consegue cruzar com Kauê e comenta um pouco sobre o que ela descobriu.
— Kauê, eu preciso voltar mais uma vez na sua

casa, eu sei que eu estou incomodando um pouco. Quero conversar junto com Martins, uma questão muito importante que aconteceu comigo ontem a noite. Eu não quis falar para vocês naquele momento para não preocupar, mas na realidade, pela situação e pela gravidade, eu preciso contar.

— O que foi mulher... conta? Não, mais tarde... mais tarde eu conto para você, não se preocupe.

— Ta bom, já vem você com alguma informaçãozinha.

— É, Kauê... mas a coisa agora é mais séria.

— Eita! Ok, mais tarde a gente conversa melhor.

Kauê segue para a sua sala de aula no auditório em que vai ministrar a sua cadeira. Meckenna vai em direção a sua sala de estudo para tirar algumas dúvidas sobre a prova da próxima semana.

Chegando à noite, todos os alunos largam e os docentes também. Meckenna e Kauê vão para uma cafeteria perto da redondeza da faculdade, fora da área do condomínio. Martins logo em seguida chega de carro e senta na mesa junto deles.

— Meu Deus, Meckenna... como você está linda hoje? — Comenta Martins.

— São seus olhos querido!

— Sim, sim... Imagina eu, né? Que sou um gay lhe achando linda. Agora imagina o que os boys não devem estar achando de você.

Meckenna abre um sorriso de canto de boca, discretamente.

— Gente eu vou no banheiro rapidinho, já volto.

— Avisa Kauê.

Com a saída do seu irmão, Meckenna comenta.

— Martins, preciso dizer para você uma coisa que aconteceu comigo. Ontem a noite, meu guarda-roupa foi totalmente revirado. Eu fiquei meio intrigada, mas acabei confirmando que de fato uma pessoa invadiu a minha residência. E acredite... você não sabe quem foi que invadiu.

— Ave Maria, quem foi? Isso é caso de polícia! — Martins com os olhos bem abertos, escuta atentamente.

— Pois é. Quem invadiu a minha residência foi Noah, o filho de Dona Melissa!

— Meu Deus! — Se expanda, Martins.

— Mas ela não disse que o meu pai tinha matado? — Pergunta ele e prossegue. — Meu amor, eu não estou entendendo. Estou sem acreditar! Você tem certeza disso?

— Absoluta! — Confirma Flauer Meckenna. — Eu estava olhando pela janela. Depois eu vi uma silhueta sair pelos fundos da minha casa. Eu vi ele entrando naquela casa vazia que Dona Melissa não deixa ninguém entrar. Depois, o vigia chegou e passou uns minutos consideráveis lá dentro. Aí eu fui lá bisbilhotar e ver o que estava acontecendo. Eu já tinha ligado pra Dona Melissa pra informar do acontecido. Logo após a saída do vigia, eu já estava voltando para minha casa, o rapaz me puxou de surpresa para dentro da casa, do nada! Porém, ele me confessou tudo. Ele não foi rude comigo. Ele simplesmente me puxou como se quisesse explicar e pedir para que eu não contasse nada para ninguém.

— Mas ele não lhe machucou, né? — Pergunta Martins.

— Não, só puxou o cabelo. Ele não fez nenhuma

violência comigo. Mas uma coisa está me preocupando. Ele disse que era apaixonado por mim.

— Oi? — Martins põe a mão na boca!

— É exatamente isso que você está ouvindo. Ele nem sabe quem eu sou praticamente, porque eu cheguei aqui há pouco mais de um mês. E já disse que era apaixonado por mim. Eu desconfio que ele tenha algum transtorno psicológico, alguma psicopatia, alguma coisa desse nível. Agora, eu estou suspeitando de que ele já vem me espionando já algum tempo.

— Então, precisamos rever tudo isso que está acontecendo. — Diz Martins.

— E você não pode contar nada para o seu pai e nem para Kauê! Eu iria contar pra ele mas desistir. Porque a justificativa que ele me disse de estar escondido esses anos todos é porque Dona Melissa teme que o seu pai tente matar ele novamente.

— E porque eles não vão embora daqui?

— Foi justamente isso que eu perguntei. Ele disse que na realidade Dona Melissa é apegada com a casa e tem medo que a influência do seu pai fora do condomínio possa fazer com que ele busque ela, seja em qualquer lugar que ela for, para tentar cumprir com que ele tentou fazer há muitos anos atrás. Porque na realidade ele fez o serviço pela metade. Ele só conseguiu matar o esposo dela, mas o filho que ele achou que tinha matado ainda continua vivo!

— Meu Deus! — Martins conclui.

— É uma pena ter um pai do caráter como eu tenho. E ao mesmo tempo muito triste.

— Eu imagino o que você deve estar sentindo Martins, mas não se julgue, nem se sinta culpado por nada. Cada um é responsável pela suas vidas... vamos mudar de assunto que já vem Kauê.

— Demorou hein?

— Você achou, Meckenna? Agora me conte o que você disse que iria falar conosco de tão sério? — Pergunta Kauê.

— Eu quero adotar um filho! — Desconversa Meckenna.

— Que notícia maravilhosa! — Responde Kauê.

O garçom se aproxima e pergunta se os três precisam de mais alguma coisa.

Depois de muito bate-papo em família. Meckenna decide que já está na hora de ir para casa e solicita a conta para o pagamento. Martins, meio confuso, temeroso e desconfiado, acompanha os irmãos para o carro de volta para suas residências. Naquela noite, Meckenna se sente mais à vontade para dormir na sua própria casa.

• • •

48 dias antes da morte.

Já na universidade onde Flauer Meckenna estudava e Kauê lecionava uma cadeira. Betina, filha de Apollo e Elis comentava:

— Eu não suporto esse professor, ele tem um jeito meio assim, sabe? Ele deveria ter porte de homem! Ele é até casado com outro rapaz…

Kauê de longe, consegue ouvir Betina tessendo comentários preconceituosos referentes à sua homossexualidade, e não deixe despercebido:

— Ôh Betina, deixa eu só te falar uma coisa! Você é muito diferente da sua irmã Clarice, né? Em que século você está vivendo na sua casa mental? Você pode não gostar da minha pessoa, mas isso não pode ser por motivo da minha sexualidade... isso é preconceito! E se você não está ciente dos fatos, esse tipo de comentário que estás fazendo é considerado crime. — Alterando e aumentando o tom da voz, Kauê continua:

— Nesta sala não existe ninguém melhor do que o outro! Principalmente por causa de condições de sexualidade. Não é pelo fato que eu sou homossexual, que eu sou um ser humano inferior a vocês. Do contrário também é verdade! A sexualidade não define caráter de ninguém...ninguém vai ser ladrão, pedófilo, doente ou qualquer outro adjetivo pejorativo por conta da sua homossexualidade. Assim como não vai existir ninguém com qualquer outra qualidade, só porque é heterossexual. Gente, nós todos no final das contas vamos ser enterrados, independente de qualquer orientação sexual. Precisa ser reivindicado a igualdade dos direitos! Vocês não precisam aprovar nada, vocês só precisam deixar que as pessoas vivam as suas vidas. Quantas pessoas que são escondidas... que vivem suas vidas escondidas...não têm coragem de viver a sua própria vida por conta do preconceito, por exemplo, a que Bertina está externando dentro da sala de aula? Quantas pessoas cometem suicídio por não serem felizes! Vocês precisam parar para refletir... vocês já são adultos, já se encontram na universidade gente...Eu não permitirei mais esse tipo de comentário! Betina, se eu ouvir mais alguma outra menção sobre essa questão preconceituosa, você estará suspensa das minhas aulas, consequentemente, reprovada! Isso vai ser passado ao Reitor. Estão todos cientes?

Nenhum dos alunos comentam. Todos ficam perplexos pela contra-reação do professor Kauê sobre as investidas preconceituosas de Betina. Ela enraivada, baixa a cabeça, vermelha como se quisesse explodir, mas se contém. Ela apenas olha para Rick, o namorado da sua irmã Clarice. E fuzila o professor com os olhos.

O sino do fim da aula toca e todos os alunos saem calmamente, enquanto Kauê fica sentado em sua mesa. Betina propositalmente sai por último com Rick da sala. Assim que sai, ela comenta com ele:

— Eu não suporto realmente esse professor. Ele fica dando lição de moral o tempo todo…não suporto, não aguento!

Rick vai ouvindo as lamentações de Betina até chegar no pátio. Em um canto perto da árvore, ele fala:

— Betina, você não pode ser assim! Tenha calma meu amor… — Rick interrompe a conversa quando vê Meckenna passando. Aquela garota simples que exala beleza por onde passa. Betina percebe Rick olhando com desejo para Meckenna. E sem perder tempo, ela vai direto insultar a garota:

— O que você está fazendo aqui? Você sabe que não é bem-vinda aqui?

Meckenna para e se assusta sem responder nada. Apenas fica a observar sem entender aquela reação de ciúmes.

— Vai embora daqui! Eu não quero ver você na minha frente! Menina chata… só podia ser irmão daquele professor insuportável.

Meckenna sem falar uma palavra, desvia o olhar e segue o caminho. Rick puxa Betina novamente para o canto da árvore.

— A menina não fez nada contigo...tu não pode descontar a raiva na coitada desse jeito.

Meckenna como sempre curiosa, tentando compreender o motivo dos ciúmes de Betina. Entra em uma das salas do corredor da universidade e fica ouvindo a conversa dos dois que estavam do lado de fora.

— Tá bom Rick, tá bom! Tu também já tá querendo dar lição de moral em mim? Fala Betina.

— Olha como ela fica tão linda e raivosa! — Rapidamente Betina segura o ombro de Rick.

— Fique quieto! Nós estamos na universidade, não se atreva fazer qualquer movimento suspeito. Ninguém pode saber que nós estamos juntos.

— Calma gatinha, você tá muito nervosa hoje.

— Para Rick! Daqui a pouco minha irmã aparece por aí, e o meu namorado que é o seu irmão já deve estar me procurando.

— Você sabe que Clarice e Henry demoram para sair da sala. — Rebate Rick.

— Mas eu não quero ninguém nos vendo juntos.

Meckenna ouvindo tudo, fica perplexa ao descobrir que Betina está traindo a própria irmã. Ela bota a mão na boca e pensa:

— *Meu Deus... Rick é namorado de Clarice... e está tendo caso com Betina! Quando a irmã dela descobrir eu não quero nem imaginar o que vai ser.* — De repente um professor entra na sala e Meckenna se assusta.

— O que houve Meckenna? Por que você está

tão assustada? Parece que viu uma assombração. — Fala o professor ainda na porta da sala.

Rick e Betina se vira para ele enquanto estava falando com Meckenna. Ela sai toda desconfiada da sala olhando para Betina e Rick. Mais uma vez, abaixa a cabeça e vai embora.

     — Aquela miserável estava ouvindo a nossa conversa Rick! E isso é tua culpa! Agora ela já sabe de tudo sobre nós. — Betina dá um tapa na cara de Rick e deixa o rapaz.

     Na saída da Universidade ela encontra seu namorado Henry, o irmão de Rick.

     — Betina, onde você foi que eu estava te procurando esse tempo todo? — Pergunta Henry.

     — Eu estava no banheiro meu amor! Vamos embora que hoje eu não estou pra ninguém! — Desconversa ela rapidamente.

CAPÍTULO 5

**MÚSICA QUE ME SERVIU DE INSPIRAÇÃO
PARA O CAPÍTULO A SEGUIR:**

Caso queira ler o capítulo ouvindo a música, aponte o seu
celular para o QR Code abaixo.

APROVEITE:
Padre Nuestro – Schlafes Bruder (E Nomine)|Spotify

5
40 HORAS DEPOIS DO ASSASSINATO

Depois do Investigador ouvir a confissão de Dona Melissa, ele solicita uma pausa de algumas horas e pede que todos retorne para suas casas e atividades. Àquela altura, a investigação continuava intensa. Naquela manhã de 25 de Julho de 2023, ao mesmo tempo em que processa as novas informações dada pela síndica, o invetigador recebe a informação de que o corpo de Flauer Meckenna foi liberado para o sepultamento.

Enquanto o corpo estava sendo velado e enterrado com a presença de todos os moradores do condomínio, o Investigador estava voltado para os questionamentos internos da investigação.

Após a descoberta da existência do menino Noah, filho da síndica Melissa, a principal dúvida que estava no ar era justamente onde ele estava. Depois da revelação, o rapaz desapareceu.

A polícia propôs ao Investigador a prisão de Melissa por cárcere privado do próprio filho, porém no decorrer do entendimento de toda aquela problemática, foi configurado que o filho estava totalmente ciente e de acordo com as decisões feitas por ambos, em se manter escondido durante todo esse tempo.

— Possivelmente, Melissa escondeu ele em outro local e eu tenho certeza que ela não vai nos revelar. — Comenta o Investigador para seus colegas colaboradores.

— Agora nós temos uma outra informação, Investigador. É referente ao disparo no momento da morte de Meckenna. No corpo da jovem foi identificado, pelos estudos balísticos, que a bala é da mesma tipagem e calibre da arma que era usada pelo vigia Théo! O vigia tinha o porte de arma legalizado e era a mesma munição. Claro que não podemos, apenas por esse fato, deduzir que foi ele quem atirou. Mas ele se torna o principal suspeito para nós neste momento.

O Investigador reflete as informações recebidas da equipe e anota em seus relatórios. Ainda acontecendo o sepultamento do corpo de Flauer, o Investigador vai em seu carro preto em meio a todos ali presentes, discretamente, aproxima-se de seu Apollo e ordena que ele o acompanhe até seu carro.

— Me desculpe pela interrupção do momento seu Apollo, mas agora estou precisando recolher o seu depoimento. — Avisa o Investigador que dirigia de volta para a praça central pentagonal do condomínio.

Ao chegar, ele sai do carro, e adentra a sala de investigação com Apollo. Antes de fechar a porta, o Investigador faz um contato visual com Mathias Gonçalves que não pôde ir para o sepultamento de Meckenna. Sem qualquer afetação, ele fecha a sala de investigação.

O horário estava marcando exatamente 11 horas da manhã.

— Seu Apollo, eu preciso saber de algumas informações do senhor sobre o dia do assassinato de Meckenna. Como estou colhendo os depoimentos e os relatórios de cada morador, é óbvio que com o senhor não seria diferente. Então, fique a vontade! Inicialmente, eu quero saber se o senhor tem alguma coisa para me dizer?

Apollo levanta a cabeça e responde:

— No dia da morte dela, o que mais me recordo é justamente a minha crise de nervos. Eu havia descoberto uma coisa decepcionante sobre uma das minhas filhas...

— Bem lembrado, seu Apollo — Interrompe o Investigador. — Me conte qual foi o motivo que fez o senhor passar mal? Visto que foi no mesmo momento que ocorreu o assassinato de Flauer.

— Eu havia visto, no celular da minha filha Betina, algumas ligações com longas durações de Rick, o namorado da minha outra filha Clarice. Rick é o irmão de Henry, que namora Betina. Naquele momento eu não estava entendendo qual era a ligação de Betina com Rick. Aquelas ligações me fez desconfiar de uma possível traição de Betina. Eu não quero ter essa certeza, mas eu acredito que tenha sido.

— Então, deixa eu só entender Apollo. Rick e Henry são irmãos, filhos de Bento e Agatha que moram no condomínio, correto? E as suas filhas são Betina e Clarisse.

— Exatamente!

— Rick namora Clarisse, Henry namora Betina. Mas o senhor desconfia do caso de Betina com Rick, confere?

— Exato!

— O que me deixa interessado nessa história toda é que vocês todos moram no mesmo condomínio. Continue por favor Apollo.

— Ao me ver nervoso, a minha esposa Elis ligou para Martins vir ajudar e me tranquilizar. Pois nós somos um dos vizinhos mais próximos...

— Interessante, seu Apollo. Como é essa sua proximidade com Martins?

— A minha aproximação com Martins começou nos períodos das minhas atividades físicas. Eu sou uma pessoa que gosta muito de caminhar e faço exercícios na praça que nós temos. Martins regularmente também faz estes mesmos exercícios, as caminhadas e tudo mais. Dona Melissa também faz algumas atividades, mas em um horário diferente do nosso. E foi justamente nesse período que eu comecei a me aproximar dele. De entender a sua vida com seu parceiro, com o seu pai problemático e criminoso. Apresentei também a minha história de vida para ele e...

— Em um dos depoimentos, o irmão de Meckenna me comentou um leve desconforto entre o esposo dele e o senhor. O que o senhor me diz sobre esse desconforto?

— O que isso tem a ver com a investigação?

— Então, por favor, qual foi o desconforto entre Kauê, você e Martins?

— Eu acho melhor, perguntar essa questão com Kauê, porque na realidade o desconforto foi dele. Eu talvez entenda que a motivação seria por uma crise de ciúmes com a aproximação de Martins com a minha pessoa. Do meu lado não houve nenhum desconforto. Nenhuma questão que eu possa mencionar nesse momento para o senhor.

O Investigador percebe que Apollo não quer responder o que aconteceu entre Martins, ele e Kauê. Mas deixa registrado em seu relatório a possibilidade de que seu Apollo também seja homossexual e que houve um problema no relacionamento entre Martins e Kauê.

— Entendido, seu Apollo. Agora eu quero lhe fazer uma última pergunta. Existe alguma possibilidade desse desconforto em algum momento ter o envolvimento de Meckenna, ou a sua esposa Elis? O que ela acha da sua amizade com Martins?

— Sobre Meckenna, nunca houve nenhum envolvimento referente a esse desconforto exposto por Kauê. A minha esposa, nunca demonstrou nenhum problema ou questionamento sobre qualquer questão com Martins. Eu não estou entendendo muito bem o objetivo da sua pergunta, mas eu acho que eu respondi.

— Respondeu sim, o senhor nesse momento está liberado, comunique a sua esposa que ela será a próxima a depor.

— Obrigado! Estarei a sua disposição quando precisar.

— Eu agradeço Apollo, até breve!

O Investigador acompanha a saída de Apollo e se recolhe para as suas reflexões.

• • •

Algumas horas depois, todos os moradores do condomínio retornam do sepultamento de Flauer Meckenna. Kauê estava destroçado, ao mesmo tempo que Martins o amparava calorosamente.
Apollo ao ver a chegada de suas filhas e de sua esposa deixa logo o recado do Investigador:
— Elis, mais tarde o Investigador informou que

irá convocar você para que possa ouvir o seu depoimento.

— Sim, tudo bem! E o que foi que ele perguntou para você?

— Ele não me perguntou coisas diretamente sobre a morte de Meckenna. Eu só falei que passei mal no momento da morte dela e que Martins veio aqui depois que você ligou. Contei como era a minha vida, como eu me relacionava com os moradores... falei tudo conforme o acontecido. Não me fez nenhuma pergunta fora do normal. Aliás, na realidade ele nem tinha muito o que questionar de mim. Eu acredito que Martins já havia dito que de fato eu não estava presente no momento da morte da menina e que eu estava passando mal em minha casa.

— Entendi. Eu quero ver o que ele quer perguntar a mim!

— Você vai com calma, por favor! Não há motivo para se exaltar.

— Eu estou calmíssima Apollo, sem exaltações.

Após o descanso daquele dia conturbado, Betina olha para sua mãe e pergunta como vai ser tudo isso.

— Eu não sei minha filha. Quando chegar o momento certo, nós conversaremos sobre tudo. — Diz Elis sucintamente.

Já na sala da investigação, o Investigador recebe algumas opiniões da sua equipe de policiais e peritos.

— O senhor não acha melhor perguntar para a síndica sobre o paradeiro de Noah?

— Não! No momento certo eu falarei com ela sobre essa questão. Ainda não é o momento. Eu estou focando agora nos depoimentos dos outros moradores do condomínio.

— E por falar em outros moradores do condomínio, Elis já se encontra aqui para dar o depoimento. — Informa um dos colaboradores.

— Ok, então peça para ela entrar.
Sem nenhuma demora, ela entra na sala e se senta para a sessão de interrogatórios:

— Olá, Elis. Muito obrigado por comparecer pontualmente para recolher o seu depoimento. Antes de mais nada, eu preciso entender o contexto do que estava acontecendo ao redor da vítima. E para entender, eu preciso saber da história de cada um dos moradores. Logo, não se sinta invadida pessoalmente. Entenda que existe um porquê de todo e qualquer questionamento que vou lhe fazer. Entendido?

— Entendido.

— Muito bem! Eu queria que me informasse se foi a senhora que ligou para Martins para comparecer em sua residência por conta do seu esposo que estava passando mal no dia da morte de Meckenna?

— Sim, fui eu que liguei. Eu sei que um dos moradores que está mais próximo de nós, convivendo entre a nossa família, é Martins. Então, eu chamei ele para tentar acalmar o meu esposo.

— Certo! Eu sei que a senhora possui dois, digamos assim, "genros", que são Rick e Henry. Cada um namora com uma das suas filhas. Por que a senhora não ligou para um deles para comparecer e ajudar o seu esposo?

— Antes de responder essa pergunta, eu queria saber algumas informações…alguém mais além do senhor e a polícia terá acesso ao meu depoimento?

— Ninguém! Todos os depoimentos estão em sigilo de justiça por conta da gravidade desta investigação. A não ser que seja solicitado por ordem judicial, ninguém mais saberá do seu depoimento.

— Eu estou perguntando porque isso envolve a vida das minhas filhas. Mas como é sigiloso, veja só, o motivo de eu não chamar um dos namorados das minhas filhas é porque o meu esposo passou mal por ter deduzido que Betina estava traindo a própria irmã, Clarice.

— E o que a senhora sabe sobre essa questão da sua filha? A senhora acha que realmente estava acontecendo alguma traição?

— Para ser sincera, eu acredito sim que a minha filha esteja traindo o seu namorado Henry com o irmão dele, Rick. Ela me falou sobre uma pequena aproximação. Em alguns momentos aconselhei ela a não prosseguir, pois ela estaria traindo duplamente. Tanto o namorado quanto a sua própria irmã. Mas você sabe como é… ela é adulta, eu preferir me resguardar a dar conselhos apenas. Em nenhum momento eu explorei isso com outras pessoas, porque como já havia dito, isso envolve as vidas particulares das minhas filhas, que amo muito. Eu também confesso o atrito de Rick com Meckenna referente a essas questões, porque possivelmente, pelo que minha filha havia dito. Meckenna ouviu as aproximações de Rick com ela, eu aconselhei ela a não bater de frente com Meckenna, mas desconfio que Rick possa ter extrapolado algumas de suas abordagens contra a garota.

— Espere! A senhora me afirma que a sua filha não fez nada contra Meckenna, quando ela descobriu a aproximação de Rick?

— Não, a minha filha não!

— E porque a senhora acha que Rick pode ter feito alguma coisa contra Meckenna?

— Por conta do temperamento forte. Ele sempre foi impulsivo e eu acho que em algum momento ele deve ter apertado Meckenna, isso é o que eu acho, eu estou no campo da especulação.

— E sobre a morte de Meckenna, a senhora acha que pode ter sido Rick que tenha matado ela?

— Falando a verdade, eu não duvido que um temperamento explosivo, como de Rick, possa ter produzido essa catástrofe que ocorreu neste condomínio. Mas também eu não posso dizer que realmente foi ele sem ter prova alguma.

— Para finalizar, o seu principal suspeito do assassinato seria Rick? E quanto a Théo que está desaparecido, o que a senhora tem a me dizer?

— Olha, eu não acredito que possa ter sido ele, porque eu vi um início de relacionamento a ser reconstruído entre os dois. Embora que o sumiço dele também caracteriza uma grande suspeita. Se ele amava, ou gostava tanto da moça, porque sumir do condomínio nesse momento de pesar?

— Quando foi a última vez que a senhora viu Théo por aqui?

— A outra vez que eu vi o vigia, foi quando ele estava fazendo algum dos serviços de jardinagem por aqui, a pedido da síndica.

— Ok, Dona Elis. Muito obrigado pelo seu depoimento, em breve possa ser que eu volte a recorrer outros de seus relatos.

— Por nada, seu Investigador! Eu e meu esposo estamos a sua disposição.

A esposa de Apollo levanta da cadeira, sai da sala do Investigador e vai direto para sua residência. Ao chegar, ela olha para seu esposo que estava assistindo a televisão e procura pela sua filha Betina.

— Clarice, onde está Betina? Eu preciso falar com ela agora!

— Não sei mãe, eu acredito que ela está no quarto lá em cima.

— Eu vou conversar com ela, não quero ninguém atrapalhando!

Elis sobe os lances de escadas da sua casa e procura por Betina, que estava sentada, escutando música.

— Betina, eu preciso conversar com você sobre uma coisa séria!

— O que foi mãe? Que susto! — Senta Elis na cama ao lado da sua filha.

— Veja bem, o Investigador acabou de me perguntar e com toda certeza, ele vai querer confirmações sobre alguma desavença entre você e Meckenna. Em nenhum momento você pode falar que discutia ou tinha qualquer mal relacionamento com ela. Ele pode tornar você como uma das suspeitas da morte da garota. Eu deixei a entender que, possivelmente, se algo aconteceu sobre essa questão de desentendimento, foi entre ela e Rick. O Investigador pode descobrir em algum momento que Meckenna soube sobre o seu caso com ele, mas eu quero que eles achem que apenas Rick possa ter feito qualquer coisa contra ela. Você está entendendo o que eu estou querendo dizer?

— Estou, mamãe. A senhora quer que ele seja o suspeito e não eu.

— Pronto! E de uma vez por todas, por favor, pelo mínimo que você sente pela sua irmã, se afaste de Rick! Eu não quero minhas filhas brigadas por causa de namorado algum. Tem tanto homem no mundo e você vai logo querer o namorado da sua irmã, Betina? Já estou no máximo do que posso para orientar sobre essa questão.

Sem ouvir nenhuma resposta da filha, Elis sai do quarto e bate à porta! Desce as escadas e senta no sofá onde está o seu esposo. Apollo pergunta o que houve:

— O que foi que o investigador te perguntou?

— Fez as mesmas perguntas que fez para você. Ele só queria confirmar a sua versão, não se preocupe.

— Eu não estou preocupado... só estou curioso... assim que você chegou da investigação, já foi logo falar com Betina... o que foi que houve?

— Houve nada! Só fui falar para ela contar apenas o que ela sabe. Apenas a verdade! Ela deverá ser a próxima a ser interrogada.

— Tá certo Elis, eu vou fingir que acredito em você!

Apollo levanta do sofá, pega seu tênis, uma camiseta e sai para fazer a sua caminhada habitual. Mas dessa vez, preocupado e pensativo sobre a possibilidade de Betina ter algum envolvimento na morte de Meckenna e sua própria esposa estar a esconder com mentiras qualquer informação, acobertando a filha.

CAPÍTULO 6

MÚSICA QUE ME SERVIU DE INSPIRAÇÃO PARA O CAPÍTULO A SEGUIR:

Caso queira ler o capítulo ouvindo a música, aponte o seu celular para o QR Code abaixo.

APROVEITE:
Eye Of The Untold Her – Lindsey Stirling |Spotify

6

20 DIAS ANTES DA MORTE

Alguns dias depois, Meckenna se observava envolvida em uma paixonite pelo vigia Théo. Em vários momentos, aproveitando que eram vizinhos, ele iria buscar Mckenna na Universidade para o condomínio, mesmo quando ocupado com os serviços prestados para Melissa, em prol de todos os moradores. Sempre encontrava a oportunidade para se encontrar com a moça. Ela estava deslumbrada com um novo romance.

Não diferente do habitual, ao cair da noite, Théo chega na residência de Flauer.

— Olá, pode entrar.

— Eu não estou incomodando, né?

— Não, não. Entre. — Fala Meckenna.

Théo entra e se senta no sofá ao lado dela.

— Eu estava pensando, Flauer… já faz alguns dias que a gente está se conhecendo, saindo para jantar, eu venho aqui em sua casa… eu gostaria de saber, de fato, se você sente por mim o mesmo que eu sinto por você?

Meckenna abre um sorriso, senta e ao lado do vigia e fala:

— Eu não sei o que você sente por mim! Como eu posso confirmar essa sua pergunta?

— Você é muito inteligente, garota. Mas na realidade, o que eu sinto por você é algo que vai muito mais além de amizade. Acredito que todos aqui deste condomínio percebem.

— Eu sei. — Sorri Meckenna.

— Então vamos tentar oficializar isso?

— Eu... confirmo que sinto o que você sente por mim

Entusiasmado, o vigia propõe uma visita ao cinema com sua mais nova namorada. Sem menos esperar, o primeiro beijo acontecer, Meckenna segura a mão dele.

— Eu estou pronta pra me entregar pra você! Eu só espero que você seja o homem responsável e dedicado que toda mulher merece ter.
Eu vou provar isso pra você, minha menina! Eu sou o melhor que você pode ter neste condomínio! — Meckenna sorri, o vigia sorri, e os dois saem de mãos dadas até o carro dele.

Enquanto isso, na residência ao lado onde fica a casa que Noah se esconde. Uma pequena brecha que dá pra visualizar toda a casa de Meckenna, revela aquela cena romântica entre o vigia e a garota. Noah sempre que pode vai observar, por possuir uma paixão platônica por ela. Fica enfurecido ao ver a aproximação do vigia. Aquele que nos últimos cinco anos, o controla a pedido da sua mãe.

Depois que os dois entraram dentro do carro, Noah desce o alçapão indo ao ambiente do subsolo. E quebra toda a sala de estar.

— Aquele miserável vai ver o que eu vou fazer com ela! Se eu não tiver Meckenna, ele também não terá! Ele não perde por esperar o que eu vou fazer neste condomínio.

Noah liga para sua mãe por um celular descartável.

— Mãe, aquele desgraçado está com ela! — Grita o rapaz.

— Eu quero que a senhora demita ele imediatamente! Caso contrário eu não ficarei mais aqui escondido vendo a minha vida inteira passar...

— Calma, meu filho! Eu vou resolver isso... — diz Melissa. — Eu sou a síndica, eu tenho o controle de tudo. Se acalme! Esse relacionamento deles é só uma fase.

— Cadê Mathias Gonçalves? O Matador desse condomínio? Porque ele não mata?

— Matar quem, Noah? Você está maluco? — Fala a síndica. — Nós quem somos as vítimas! Você não sabe o que eu passei no passado para chegar nesse momento e ver o meu filho escondido de um assassino por anos! Você não sabe a minha dor de ter que fazer isso...

— Eu não quero saber! — Desliga Noah.

Naquela mesma noite, na casa de seu Apollo e Elis. Betina vê Henry saindo do carro em direção a sua residência.

— Mãe, eu estou vendo Henry chegar aí... daqui a pouco, eu vou ter que sair com Rick para resolver uma questão da escola. Por favor, diga a ele que eu não estou.

— Betina, o que você está fazendo? Eu já disse a você para se afastar de Rick! Se a sua irmã descobrir esse caso, ela vai esganar você. Além disso, que homem é esse que trai o próprio irmão? Eu não sei quem é mais louco, se é você ou ele...

— E a senhora não sabe da maior mãe. Meckenna viu Rick se aproximar de mim a algumas semanas atrás na

Universidade.

— Está vendo? Eu disse a você que parasse de uma vez por todas. Agora ela já sabe! Isso vai ser um passo para sua irmã também descobrir.

— Elas são da mesma turma na faculdade...

— Betina, que loucura! — Elis coloca a mão na cabeça.

— Ah, mãe, mas não se preocupe. Eu vou deixar um recadinho pra ela hoje. E estou arquitetando uma coisinha com Rick só para assustar. Ela não vai abrir a boca.

— Veja lá o que você vai fazer. Não me vem se meter em confusão, hein. Desta vez eu não vou te defender. Teu pai está na beira de nervos. Eu não quero nenhuma crise, nenhum problema aqui nessa casa.

Betina dá um beijo no rosto da mãe, tentando acalmá-la. E se volta para o seu quarto. Pega o celular e escreve uma mensagem para Meckenna.

• • •

No cinema com Théo, Meckenna sente o celular vibrar. Pensa que é alguma questão de emergência e verifica qual é a notificação.

UMA MENSAGEM RECEBIDA.

E sem titubear, vendo que Théo estava vidrado no filme. Ela lê a mensagem.

OLÁ BONITINHA!
EU QUERO AVISAR A VOCÊ QUE FIQUE CALA-

DA SOBRE QUALQUER QUESTÃO DA MINHA
VIDA. SE ALGUÉM DESCOBRIR OU A MINHA
IRMÃ FICAR SABENDO DE ALGUMA COISA, EU
VOU SABER QUE FOI VOCÊ QUEM CONTOU. E
ISSO NÃO VAI FICAR BARATO!
EU SOU CAPAZ DE MATAR VOCÊ, AO PERCE-
BER QUE ESTEJAS COMENTANDO DA APROXI-
MAÇÃO DE RICK COMIGO. ENTENDIDO FOFI-
NHA?
EU SEI QUE VOCÊ E CLARICE SÃO MUITO AMI-
GAS. ENTÃO FIQUE CIENTE QUE POSSO FAZER
QUALQUER COISA!
BOCA FECHADA! SABER SOBREVIVER É SABER
VER E NÃO FALAR!
ASSINADO B.

Ao ler aquela mensagem, Mekenna fica temerosa. Depois de vários embates indiretos e olhares fuzilantes de Betina para ela na Universidade, agora ela recebe de fato uma ameaça.

— Que foi meu amor? — Comenta Théo vendo Meckenna ficar desconfortável. — Você não está gostando do filme?

— Eu estou sim, não é isso. É que eu recebi uma mensagem... uma ameaça na verdade, de uma menina na faculdade. Disse que se eu contar que avistei ela com outro rapaz para alguém, porque ela já namora uma outra pessoa, ela vai me matar. Você acredita nisso?

— Meckenna, quem é? Uma ameaça é uma coisa muito grave. Você precisa denunciar, mesmo que você ache que a pessoa nunca vai cumprir ou tenha a possibilidade e coragem de fazer. A ameaça sempre é um desejo de querer efetuar algo... cuidado!

— Eu não vou fazer nada por enquanto! Eu vou pagar pra ver até onde ela é capaz de fato. Não se preocupe, qualquer perigo, eu lhe comunico. Eu sei que você é o meu vigia particular.

Théo gargalha e volta sua atenção ao filme. Já Meckenna, não consegue se concentrar tanto quanto ele, mas continua na noite romântica.

Na manhã seguinte, é possível ver seu Apollo e Martins caminhando na praça pentagonal. Os dois já são vistos, pelo condomínio, como grandes amigos.

— Martins, eu já estou um pouco cansado. Acho que a caminhada por hoje já deu.

— Para mim também, Apollo. E acredito que Kauê já saiu para o seu trabalho. Eu vou entrar, tomar uma duxa e tomar café.

— Elis também saiu e ela preparou um café da manhã bem reforçado para mim. Eu não estou com tanta fome. Você quer aproveitar e tomar um café lá?

— Que honra Seu Apollo, aceito sim!

— Vamos lá!

E os dois seguem em direção à casa de Apollo. Betina e Clarice já estavam na Universidade, e os dois aproveitam para estreitar mais os laços de amizade. Martins senta na mesa junto com Apollo e conversam.

— Sabe, Martins… faz muito tempo que eu não encontro uma amizade como a sua? Eu sei que a nossa diferença de idade é um pouco mais de 20 anos, mas eu acredito que para uma verdadeira amizade a idade não conta.

— É verdade! Desde que eu cheguei aqui, que

conheci Kauê. As minhas percepções da vida mudaram totalmente. E hoje eu não vejo com bons olhos o etarismo que muitas pessoas fazem na vida de quem tem mais idade.

— Pois é, nem me fale sobre essa questão! As pessoas gostam de rotular tudo. — Confirma Apollo.

— Sim. Só se esquecem de ver as suas próprias vidas. — Sorriem os dois.

— Já faz quanto tempo que nós caminhamos juntos? — Pergunta Apollo.

— Eu acredito que um pouco mais de 5 meses…

— Eu não vejo mais ninguém, fora nós dois e Melissa, praticar exercícios aqui.

— Verdade! Só tinha que dar certo mesmo a nossa amizade. — Confessa Martins com o mais puro sentimento de amizade para com o vizinho.

— Visto que eu tenho uma proximidade maior com você. Eu posso lhe confessar uma coisa?

— Claro que pode, Seu Apollo. Eu sou um túmulo! O que o senhor falar pra mim fica entre nós. Pode ter total confiança nisto!

— Eu tenho certeza, Martins! Mas pode me chamar apenas de Apollo… na realidade eu tenho um pouco mais de 35 anos de casamento. Mas eu me sinto incompleto… Eu sinto que tenho algo que estou perdendo na minha vida.

Martins observa as palavras que Apollo acaba de proferir. Vê as expressões fortes de uma pessoa que expressa sinceridade absoluta.Olha aquela barba grisalha, vindo de um senhor de porte atlético e continua atento.

— Mas eu não sei explicar bem o que está faltando, sabe? Talvez com a sua experiência de um jovem. Por ser uma pessoa mais jovem, possa me ajudar a compreender, nesta altura da vida que tenho.

— Eu não estou entendendo bem, Apollo. Talvez o senhor precise falar um pouco mais…. Talvez com um psicólogo… E tentar resolver essa questão de incompletude, que imagino não ser tão confortável para o senhor.

Olhando fixamente para os olhos de Martins. Apollo aproxima a sua mão por cima da mão do amigo.

— Não me entenda mal. Mas eu acho que eu estou gostando de você de uma forma diferente.

Martins capta a mensagem que Apollo está passando. E percebe que ele está criando uma afeição que não deveria estar sendo desenvolvida. Apollo é casado e possui duas filhas lindas. Martins também é casado e não pode, por suas concepções, ter qualquer outro envolvimento com alguém.

— Eu entendi a questão, meu amigo. — Fala, Martins, recolhendo a mão sem disfarçar o desconforto.

— Eu estarei aqui para lhe ajudar da melhor forma sobre qualquer outro assunto. Mas sobre essa questão, compreendo que eu não seja a melhor pessoa para lhe ajudar. O que eu posso adiantar, é que o senhor reveja a sua vida. Se de fato não estiver feliz com seu casamento com uma mulher. Não seja o primeiro a ser preconceituoso consigo mesmo. Encerre esse ciclo e vá ser feliz! Não viva uma vida que não é sua. Eu tenho certeza, que mesmo as suas filhas estarão ao seu lado se lhe amarem verdadeiramente. E elas, estarão muito mais felizes do que agora.

— Eu não tenho coragem… aos meus cinquenta e poucos anos, fazer qualquer modificação em minha vida, Martins. Me perdoe! Me desculpe por esse desconforto. E por favor, vamos manter isso entre nós.

— Coisas de verdadeiros amigos. Não se preocupe. Eu aprendi tudo isso muito rápido. Logo após o meu nascimento a minha mãe faleceu e eu tive que conviver com um pai preconceituoso. Saí de casa e fui viver a minha vida. Depois de algum tempo meu pai foi para o regime domiciliar e eu tive que voltar a ficar perto dele, até conhecer Kauê e alavancar as infinitas possibilidades de felicidades... enfim. Agora eu preciso ir!

— Até a próxima caminhada!

— E mais uma vez, não se preocupe que entre nós nada vai mudar por conta de qualquer sinceridade.

— Obrigado, Martins. Até breve!

Apollo vai à saída da sua residência, abre a porta e vê o amigo seguir em direção à sua casa.

Tempos mais tarde, Kauê chega em casa e vê o esposo preparando a janta.

— Mas olha que novidade! Hoje ele está prendado, fazendo a comida!

— Sim meu amor.

Kauê vê o marido mais sério do que o habitual questionando o que houve. Martins conta o que aconteceu na casa de Apollo. Kauê um pouco enciumado, entende todo o contexto do que se passa com uma pessoa que escolhe não viver a verdade na sua essência. Martins pede para que Kauê não fale nada para Apollo, porque na realidade ele só tentou desabafar com alguém, o que estava guardado por muito tempo. Aquele desconforto precisa ficar no passado para todos. Mesmo sendo uma questão muito delicada que envolve a vida de várias pessoas.

Enquanto tudo aquilo estava sendo digerido entre Kauê e Martins, do outro lado da praça pentagonal, Apollo aguardava a chegada da sua esposa para continuar o planejamento das próximas viagens em família.

— Eu quero saber a sua opinião, Clarice. Para onde nós vamos viajar este ano? — Pergunta Apollo para sua filha.

— Eu não sei, papai. Eu vou ver com Rick. Ele disse que tem umas indicações de viagens.

— Filha, eu não gosto muito desse seu namorado. Vou ser bem sincero com você, eu sinto ele frio. Por mim, só iria nós e mais ninguém.

— Ah, papai, porque o senhor só gosta de Henry! Do meu Rick, o senhor não gosta...

— Engano seu, meu amor. Eu acho um, a cara do outro.

— Também são irmãos, né?

— Por mim, só iria você, sua irmã e sua mãe. — Repete Apollo.

Clarice, olha para o pai e esconde a vontade de rir.

— Às vezes, minha filha, você me lembra um irmão meu, que já não se encontra mais entre nós. Você nem chegou a conhecer o seu tio. Ele era assim como você, simples, não se irritava com quase nada, relax com a vida. Ele também era muito apaixonado por uma garota quando jovem. Eles chegaram a namorar por algum tempo. Mas logo depois, ele recebeu um convite para trabalhar na China. Numa época em que estava bombando as instalações de elevadores... ele foi lá trabalhar! A promessa seria voltar rapidamente para poder casar com a tal namorada que havia deixado aqui no Brasil. Os únicos meios de comunicação eram as cartas. No início, ele até mandava algumas para ela, dizendo como é que estava no trabalho... muito puxado. Ela respondia dizendo que estava aguardando ele voltar. Afinal era um trabalho temporário, de um ano e meio. Mas só que, com o passar dos tempos, ele foi diminuindo as cartas cada vez mais, até que ele passou mais de 7 meses sem responder as correspondências dela.

— E aí, papai? — Questiona Clarice.

— Ela ficou desesperada! Falava comigo, achava que ele já tinha encontrado uma outra pessoa por lá e tudo. No final das contas, ele deixou a entender para ela que realmente havia se apaixonado por outra pessoa. Mas na verdade, ele tinha descoberto que estava com câncer terminal e preferiu, que a sua pretendente ao casamento aqui, não sofresse por isto.

— Que coisa!

— É! Os tempos passaram, ela acabou encontrando um outro rapaz aqui, e ele definitivamente seguiu a vida dele até os últimos momentos. Desde então, nunca mais consegui ver meu irmão... após sua morte, recebemos um comunicado da China sobre todo o ocorrido. Ela até hoje nunca ficou sabendo da verdade.

— O senhor nunca tinha me falado sobre essa história. — Comenta Clarice.

— É porque são coisas dolorosas. Eu prefiro comentar de fato o que nos dá vontade de sorrir e ver vocês alegres.

— E por falar em alegria, papai, o senhor viu como Meckenna e Théo estão juntinhos?

— Sim, eu vi.

— Eu pensava que esse vigia nunca ia encontrar

alguém. Ele tem uma cara fechada, sério, poucos sorrisos e Meckenna totalmente diferente dele! Uma menina doce, linda!

— Sempre dizem que os opostos se atraem, né?

— É verdade, papai. Isso é uma grande verdade. Eu acho ele esquisito, mas quem sabe agora o humor dele melhora, né? — Encerra Clarice, deixando também subentendido para o pai, que Bettina não está gostando tanto de Meckenna na Universidade. Não sabe o motivo, mas percebe o clima diferente entre elas duas.

• • •

No dia seguinte, já no ambiente da universidade. Betina vê de longe Meckenna e confronta com os olhos como é o habitual. Flauer, quando vê, sempre abaixa a cabeça. É justamente nesse momento que Rick chega para conversar com Betina.

— O que você está fazendo... falando comigo, Rick? Meckenna acabou de olhar pra mim. Não basta tudo que ela já sabe... o que ela ouviu entre nós? Você ainda fica dando moleza? Veja bem, não confie nessa garota. Ela vai acabar soltando alguma coisa para o irmãozinho dela, isso pode chegar na minha irmã e eu vou esganar você!

— Calma, nós vamos resolver essa questão. — Fala Rick.

— E outra coisa, o seu irmão pode começar a desconfiar, viu? Você se oriente! Na verdade, Rick, eu quero lhe propor uma coisa. Eu gostaria que você assustasse ela! Pra ver se ela sai daqui, se sai do condomínio, se vai embora de vez!

— O que você quer que eu faça Betina?

— Não sei... faz alguma coisa, inventa um sequestro! Eu só quero que você tome alguma providência, já que foi você que fez a burrice de ficar se aproximando de mim aqui na faculdade. Você não gosta tanto de mim? Prova agora o amor que você tem por mim! Se você fizer com que essa garota vá embora daqui, eu deixo o seu irmão e caso com você!

— Tu vai fazer isso mesmo?

— Faço! Agora você também tem que se resolver com a minha irmã.

— Betina, tu não presta! Eu vou pensar no teu caso... eu tenho uns contatos e posso conseguir dar um susto na garota, mesmo acreditando que ela não vá abrir a boca sobre nós. — Arquiteta Rick. — Já se passaram tantos dias e você ainda fica remoendo essa questão. Tu não gosta dela mesmo, né?

— Eu quero que você faça! Desapareça da minha frente!

Com raiva, ele vai embora enquanto Betina vai em direção novamente de Meckenna. Ao se aproximar em um dos corredores da Universidade, ela esbarra propositalmente fazendo aquele escândalo teatral.

— Garota, você não está vendo que estou passando aqui? Você está cega?

— Foi você quem bateu em mim. — Diz Meckenna.

— Você está achando que eu sou louca? Eu não aguento nem encostar em você. Eu não te suporto, menina! Como é que eu iria bater em tu? Você quem derrubou as minhas coisas, agora pegue os meus lápis e os meus cadernos!

Uma Meckenna visivelmente humilhada e tomando a culpa para si, pega os pertences de Betina que havia caído no chão e a entrega gentilmente.

— Muito bem, você não faz mais do que sua obrigação! Agora eu quero que você cruze o meu caminho novamente. Hoje foram os cadernos, da próxima vez pode ser outra coisa pior.

Betina vai embora, debochando de Meckenna aos quatro ventos.

Para relatar, é preciso deixar claro que ninguém naquela faculdade aprecia o temperamento de Betina. Ela sempre foi uma garota difícil, invejosa e que gosta de confrontar as pessoas. Principalmente daquelas pessoas que ela tem sisma. As colegas mais próximas de Flauer, tentam acalmá-la e mostrar que o problema não é ela e sim Betina. Ela não é a primeira a receber os insultos e não será a última.

Horas depois, já no final das aulas, Kauê encontra Meckenna. Verifica que a irmã está um pouco cabisbaixa, mas ela não conta e não expressa o que está acontecendo na Universidade. Mesmo insistindo, o irmão leva ela para casa e retorna ao seu lar.

Já era noite. Meckenna já estava à espera de Théo. Ela decidiu confessar para ele que sabia da existência de Noah e que é o responsável por controlar o filho na casa vazia, dado como morto pela síndica. Ele fica surpreso e diz para ela não se aproximar dele. Pois não é mais um menino... é um homem muito complicado e problemático mentalmente. Ela evidencia que já percebeu isso e desabafa tudo o que já aconteceu até aquele ponto entre ela e Noah. Ele fica furioso, mas entende e promete vigiar mais o rapaz e a residência dela.

CAPÍTULO 7

MÚSICA QUE ME SERVIU DE INSPIRAÇÃO PARA O CAPÍTULO A SEGUIR:

Caso queira ler o capítulo ouvindo a música, aponte o seu celular para o QR Code abaixo.

APROVEITE:

Caribbean Blue Instrumental - Enya |Spotify

7

56 HORAS DEPOIS DO ASSASSINATO

Betina se encontra na casa do seu namorado Henry. Rick estava presente, mas não dirigia o olhar para Betina. Era como se fosse dois estranhos.

— Oh meu amor, quem de fato você acha que matou aquela menina? — Diz Henry. — O vigia até agora não foi encontrado. As investigações não dão nenhuma posição referente a Mathias. Eu não sei o que aconteceu.

— Eu também não sei, meu amor. Eu só sei que alguém matou.

— Eu também não sei, meu amor. Eu só sei que alguém matou.

— Isso é fato, Betina! Agora, cuidado...eu tive informações que você bateu de frente com Meckenna. Você mora no mesmo condomínio dela...

— E o que você quer dizer com isso? Você está achando que eu matei a garota? Me poupe!

— Não estou dizendo isso. Eu só estou querendo dizer que as únicas pessoas que a polícia pode estar desconfiando são Mathias e Théo, que está desaparecido. Se chegar ao conhecimento deles, que você tinha problemas com ela, é óbvio que vão te colocar na linha de frente da investigação. Também é muito estranho, o vigia do condomínio ter um relacionamento com ela e quando Meckenna morre, ele foge.

Ele continua a tarde conversando com Betina sobre o possível assassino. Henry é um homem bonito, mas super apaixonado por Betina. Daqueles que doam totalmente a sua vida e o seu tempo para a amada. Tem um gosto peculiar por Rock e se diz vegano. Possui pavor de pensar na morte dos animais por conta do consumo excessivo de carne pela humanidade. Para ele, todos os animais devem ser considerados como qualquer outro ser vivo e que as proteínas necessárias para a dieta humana podem ser encontradas em origem vegetal.

Os pais dele, Bento e Agatha, não são muito próximos da sua namorada Betina. Excepcionalmente pelo seu temperamento difícil, explosivo e autoritário. Eles sabem que ela não gosta de Henry. Mas não desconfia nem um pouco do caso dela com Rick.

Agatha e Bento são aqueles moradores caseiros, que mal aparecem no condomínio. A presença deles são para coisas essenciais como para as compras e atividades que todos precisam estar envolvidos, a exemplo desta corrente investigação. Enquanto os pais das namoradas dos seus filhos são mais comunicativos, Bento e Agatha são o oposto. São aqueles casais que vivem muito mais de 50 anos juntos. Até a síndica comenta sobre eles, dizendo que se o seu Raví estivesse vivo, eles pareceriam muito com o casal.

Na manhã de 26 de Julho de 2023, o Investigador recebe outras informações do possível paradeiro de Théo.

— Vocês conseguiram encontrar o cara?

— Não, Investigador. Tivemos algumas denúncias anônimas informando que ele esteve nas redondezas do condomínio. Por ser durante a noite, o próprio denunciante não confirma se realmente foi ele.

— Então, precisamos verificar nas fronteiras do condomínio se realmente não tem alguma pista ou informações sobre ele. Não é possível que uma pessoa consiga sumir dessa forma. Será possível que eu vou precisar da Interpol para procurar por ele? — Pergunta o Investigador com um ar de brincadeira.

— Da Interpol, eu não sei, mas chegou um relatório do sangue contido no momento do assassinato. E tem sangue que não é apenas de Meckenna!

— Até que enfim! Deixe-me ver. — Vibra o Investigador.

Ao analisar o relatório, foi identificado três tipos sanguíneos. Um tipo sanguíneo "O+", o tipo sanguíneo "A+" e o tipo sanguíneo "B+" que era o de Meckenna.

— Não acredito! Três sangues na residência da assassina?

— Exatamente.

— Vocês já confirmaram com o laboratório? Já refizeram esses exames?

— Sim, nós fizemos cinco vezes com as amostras que foram colhidas da cena do crime. Encontramos o sangue de Meckenna e de mais duas pessoas.

— Então, vamos deixar claro, nas nossas investigações a partir de agora, que na cena do crime houve duas pessoas feridas além da vítima, já que encontramos apenas um corpo no local.

— É Investigador — Comenta um dos seus colaboradores. — Preciso informar também, que a quantidade de sangue que encontramos no local foi uma quantidade expressiva.

— Complica tudo! Preciso que recolham as

amostras de sangue de todos os condôminos para fazer a comparação das amostras que foram colhidas no dia do crime.

— Nós já fizemos isso, Investigador!

— E aí? De quem é o sangue?

— Nós encontramos o sangue de Meckenna, e um pouco do sangue de Noah e do vigia Théo!

— Como vocês identificaram a tipagem sanguínea de Noah, se não coletaram amostras de sangue dele, ele está escondido até agora!

— Nós coletamos informações da maternidade de onde ele nasceu e fizemos as análises dos bancos de dados existentes. Já o tipo sanguíneo de Théo, conseguimos com a documentação de admissão que está com a síndica. O sangue de Noah é "O+" e o de Théo "A+".

— Ótimo trabalho meninos! Agora eu quero que vocês continuem as buscas por Théo com um mandado de prisão, juntamente com Noah. A prisão preventiva vai ser essencial para a continuidade da nossa investigação. Comuniquem para Melissa que preciso da presença dela aqui na sala. Vou questioná-la onde está seu filho. Caso ela continue resistente em dizer onde está Noah, vamos dar ordem de prisão para ela também.

No mesmo minuto, todos os colaboradores, junto com a polícia, adentram nos carros e saem disparados com a sirene em alerta para casa da síndica e para as redondezas do condomínio. Melissa é levada para o investigador, enquanto todos os moradores observam a movimentação que estava acontecendo naquele dia.

Em poucos minutos, na praça pentagonal, Melissa adentra a sala da investigação para ser interrogada.

— Olá, Dona Melissa! Muito bom dia para a senhora!

— Bom dia, Seu Investigador. Eu não estou entendendo o motivo de tanta urgência da minha presença. O senhor conseguiu descobrir quem matou Meckenna?

— Não, mas eu tenho certeza de que seu filho tem envolvimento neste assassinato.

— Por que? Como assim?

— Por que existe evidência de sangue dele no momento do crime! Onde está o seu filho? Eu já dei muitas oportunidades de postergar essa informação, mas nesse momento, ele é um dos principais suspeitos. Mesmo que a senhora tenha medo de Mathias Gonçalves, com a polícia certamente ele estará mais seguro! Onde ele está?

— Depois que aconteceu o assassinato de Meckenna eu escondi ele na minha casa. Ele era apaixonado platônicamente pela menina e eu pedia pra Théo controlar suas impulsividades ainda antes da morte dela. Mas depois que o vigia foi embora, eu não consegui mais contê-lo na minha casa. Precisei levá-lo até familiares fora do condomínio. Porém já faz mais ou menos 12 horas que ele fugiu da casa dos meus parentes e não sabemos onde ele está.

— Melissa, isso é muito complicado! Nós temos duas pessoas que estavam na cena do crime desaparecidas. Nós não sabemos por que essas três pessoas estão envolvidas e muito menos o que aconteceu de fato naquele dia. O mínimo que eu posso entender, pelo cenário que se está desabrochando, é que houve troca de tiros dentro da casa de Meckenna. A vizinhança escuta três tiros... eu tenho uma vítima e dois feridos!

— Eu não estou entendendo, Investigador. Como que o senhor encontrou sangue do meu filho no local? Logo após tudo aquilo, nos dias em que ele estava em minha casa, ele não estava ferido, se estava, escondeu de mim!

— E onde ele estava no dia do assassinato de Meckenna?

— Eu não sei... mas também eu não posso negar que ele esteve presente no dia do assassinato. Eu me recordo que momentos antes, o vigia tentou me contatar sobre o descontrole de Noah...

— E só agora a senhora está me contando isso?

— O Investigador fala raivoso.

A síndica abaixa a cabeça.

— Dona Melissa, a senhora não está acobertando o seu filho de alguma coisa, né? Porque fique ciente que se ele for o assassino, a senhora pode ser enquadrada como cúmplice, dependendo de como tudo isso ocorreu. Eu entendo que a senhora é mãe, mas para a justiça tudo tem limite!

— Mas Investigador...

— A senhora está dispensada! — Interrompe a lamentação de Melissa.

— Se souber qualquer informação do seu filho, eu intimo para que me comunique!

Melissa se retira sem falar mais nada. E o Investigador comenta com sua equipe que estava escutando o diálogo.

— Estão vendo? Ela está escondendo o filho em algum lugar! Eu não posso fazer nada sem provas, principalmente com uma mulher dessa idade. Ela possui garantias de leis.

— Mas, investigador, eu acredito que ela não está envolvida nesse nível, neste caso. — Comenta um dos policiais.

— Você acha que uma mãe que esconde o filho por 30 anos pode não estar acobertando ele de um assassinato? — Dúvida o Investigador. — Enquanto ela estava aqui no interrogatório, vocês vasculharam a casa dela?

— O senhor sabe que sem mandado a gente não pode fazer isso. Mas mesmo assim, nós procuramos e não encontramos nenhum vestígio do rapaz por lá.

Enquanto isso, os comentários no condomínio correm solto. Todos os moradores questionando o motivo de Melissa ser interrogada novamente.
Mais de 56 horas se passavam da investigação, e tudo o que eles tinham naquele momento era o sumiço de Noah e do vigia. Foi indentificado que os projéteis do dia do assassinato constavam ser da arma de Théo, e existiam além do sangue da vítima, mas dois tipos sanguíneos que eram dos rapazes. Sentado na sala de investigação montada no próprio condomínio, o Investigador vira a madrugada maturando as informações. Refletindo sobre os fatos. Como pode ter sido Noah quem atirou em Meckenna, se os projéteis são da arma do vigia? E como pode ter sido o vigia quem matou a garota, se ele era apaixonado por ela?
— Tem alguma coisa que eu estou deixando passar? O que é? Será que existe uma possibilidade do vigia ter deixado o rastro do seu próprio sangue na cena do crime só para nos despistar? — Fala o Investigador em sussurros. — Será que Melissa pode estar sendo coagida nesse momento, enquanto Noah possa estar sequestrado por Théo?
Se eles forem um dos assassinos, definitivamente a questão a ser resolvida está aqui! — Aponta ele para o quadro da investigação. — Não existe para mim nenhum outro suspeito que não seja um desses dois. Eu vou descobrir

quem matou Meckenna!

7 DIAS ANTES DA *MORTE*

CAPÍTULO 8

MÚSICA QUE ME SERVIU DE INSPIRAÇÃO PARA O CAPÍTULO A SEGUIR:

Caso queira ler o capítulo ouvindo a música, aponte o seu celular para o QR Code abaixo.

APROVEITE:

Valak – Abel Korzeniowski | Spotify

8

7 DIAS ANTES DA MORTE

Era para ser um dia tranquilo como qualquer outro no condomínio, mas na realidade o vigia estava com alguns problemas com Noah. Na noite anterior ele o avistou com Meckenna, novamente passeando de mãos dadas na praça pentagonal ao mesmo tempo que Martins e Apollo também caminhavam. Meckenna aguardava a chegada de Kauê que vinha da Universidade. Naquele dia ela estava dispensada das disciplinas. Era muito dedicada e estudiosa e já tinha as notas necessárias. Ela estava totalmente disponível para o relacionamento novo, mas Noah dentro da casa vazia via com uso de um binóculo, especialmente para acompanhar passo a passo da vida de Flauer.
O dia posterior foi suficiente para ele ter um novo surto no subsolo da casa. E mais uma vez faz uma ligação para sua mãe:

— A senhora precisa resolver a questão de Théo com Meckenna agora! Eu não vou deixar ele e a menina...

— Calma, Noah, para! Eu já disse a você que isso tudo vai se resolver... — Noah desliga.

Imediatamente Melissa liga para Théo.

— Ôh, meu filho, onde você está?

— Eu estou chegando no condomínio em breve. Eu fui fazer uma ação e acabei precisando ir na farmácia pois fiquei com dor na coluna.

— Está certo! Escute bem, assim que você chegar, por favor, dê uma olhada no meu filho. Ele viu você e Meckenna juntos e ele está enfurecido. Eu tenho medo que ele faça alguma coisa contra aquela menina.

— Não se preocupe, Dona Melissa. Assim que eu chegar, irei lá ver como ele está.

Sem demora, após alguns minutos, Théo estaciona o carro em frente a casa de Meckenna. Mas em vez de ir para casa da jovem que estava na Universidade, ele foi direto para a casa vazia. Tomando cuidado se alguém está vendo, ele entra na casa. Vai até o porão, a porta já estava aberta, ele desce travando tudo.

— Noah, você está aí?

— Eu quero que você vá embora daqui, agora! Você me traiu! Você sabe que eu gosto da garota e ficou com ela. Você roubou ela de mim, vai embora! — Grita o rapaz em prantos.

Théo sempre entrava armado para falar com ele. Olha se ele tinha alguma outra indicação de um possível ato violento. E tenta controlar a situação.

— Senta aqui, Noah, por favor, preciso conversar com você. Parece que você não me conhece!

— Conheço sim, você é um miserável!

— O que é isso, rapaz? Eu vivo aqui com você há tanto tempo, escondendo você, controlando, comprando coisas para você. Sua mãe manda e eu estou aqui para tudo que você precisar. Você precisa entender que nós nos apaixonamos...

— Não fale uma coisa dessa, por favor.

— Vamos fazer o seguinte, eu vou deixar ela em paz. Eu não vou mais namorar com ela. E você me promete também que vai se tranquilizar e não vai fazer nada com ela?

— Você jura?

— Juro... juro... pode ficar despreocupado!

— Se você me trair, eu mato você e ela!

— Tu vai me matar como, Noah? — Pergunta

Théo ironicamente ao ver a imaturidade do rapaz.

— Não sei, mas eu mato!

— Não, você não vai precisar matar ninguém.

Théo abraça ele e faz um carinho.

Depois de algum tempo, após Noah relaxar, ele segue para casa de Melissa. Lá, o vigia que possui acesso total à casa da síndica, relata:

— Dona Melissa. Foi muito complicado hoje com seu filho. Ele está relutante ao meu relacionamento com Meckenna. Eu disse para ele que eu iria deixá-la para ele poder se tranquilizar. Mas eu acredito que isso pode ficar insustentável. A senhora sabe que eu não vou deixar o meu relacionamento com ela por conta dele!

— Eu entendo, Théo!

— Não sei por quanto tempo conseguirei.

— Enquanto você puder administrar essa questão, você vai me falando. Mas por favor, tente evitar principalmente qualquer relacionamento com Meckenna fora do ambiente da casa dela ou dentro do espaço de convívio do condomínio... Por favor!

— Eu vou tentar! Mas a senhora sabe que em todo relacionamento existe uma atividade social. Nós não vamos ficar apenas dentro de quatro paredes por conta de quem quer que seja. Se a senhora se sentir desconfortável, seria melhor uma outra pessoa para me substituir.

— Não, meu filho. Jamais vou fazer isso! Só você que sabe de Noah, eu já havia também comentado com Martins por conta da questão com Meckenna. Falei até para ele não contar para Kauê. Só você e eu sabemos do meu filho aqui. Eu não posso mais abrir para ninguém sobre essa questão. Eu preciso de você! O que você precisar de mim, me avise que eu faço e organizo.

Théo já estava impaciente com toda aquela situação. Cada vez mais, Noah já adulto, estava ficando incontrolável sobre suas atitudes. Melissa não pode levar o filho para qualquer psiquiatra, psicólogo, controlar as suas psicoses, mas já estava virando um problema tudo aquilo.

Enquanto o vigia vai para sua residência na casa ao lado. Melissa entra em contato com Martins para relatar a situação de Noah.

— Alô, Martins meu filho, como vai você?

— Tudo bem, Dona Melissa, quanto tempo?

— Não é, meu bem. Eu estou andando preocupada sobre meu filho, sabe?

— O que foi dessa vez?

— Ele está nervoso com a questão do relacionamento de Meckenna com o vigia. Théo por ser aquele que está já há algum tempo com ele, não está conseguindo administrar eficazmente essa situação. Eu gostaria que você me desse um conselho. O que eu faço, Martins?

— Dona Melissa, vou ser sincero. Eu não posso mais aguardar que nenhum problema aconteça para que eu tome alguma atitude. Possa ser que chegue o momento que eu tenha que contar para Kauê da existência do seu filho. Só assim podemos em conjunto tomar alguma atitude energética referente a situação.

— Não, meu filho. Não conte... Eu conheço Kauê muito bem. Ele vai querer tirar Noah daqui, principalmente depois do problema da invasão dele à residência de Meckenna. E eu também não consigo fazer com que vocês saiam daqui do nosso condomínio, jamais! Eu não posso. Isso seria muito desconfortante para mim. Me diga alguma sugestão.

— A única sugestão que eu posso dizer, é para senhora encontrar uma casa de algum familiar, que a senhora confie de verdade, fora do condomínio. E tirar esse menino daqui, porque vai acabar acontecendo o pior. Se ele fizer alguma coisa grave com Meckenna, o meu pai descobre a existência dele.

— Não! Nem me lembre... Gonçalves não pode

descobrir de jeito nenhum. Eu vou tentar conversar com o meu filho e ver o que eu posso fazer. Obrigada, Martins!

— Por nada, eu estou para o que precisar. E sobre qualquer problema, não me esconda, me comunique. Porque já estou escondendo toda essa situação do meu esposo. E isso é muito sério... é a irmã dele!

— Eu sei, Martins, pode deixar. Eu vou falar com Noah Zimmer.

A síndica totalmente sem chão, segue em direção a casa vazia.

Enquanto isso, Meckenna estava na sua faculdade em suas últimas aulas para poder largar. Ao tocar o sinal de fim da aula, ela segue em direção a saída do estabelecimento. De longe, ela vê um carro muito parecido com o do seu irmão Kauê e vai em direção dele. Ao chegar próximo, ela abre a porta do carro e entra.

— Kauê você já largou e não... Ela percebe que o motorista não é Kauê...

— Oi moço, desculpe! Eu pensei que fosse o carro do meu irmão. — O motorista trava as portas.

— Eu vou sair.... Me desculpe!

— Não! Você não vai descer. — Ele dirige pra longe da universidade.

— Socorro! Socorro! — Grita Meckenna. — Estão me levando embora...

Ninguém viu nada. O motorista aumenta o som do carro ao máximo. Ele estava tranquilo usando boné, óculos de sol e com máscara higiênica. Impossível de ser identificado por Meckenna.

— Quem é você, moço? Pra onde o senhor está me levando? Deixe eu sair. Meu Deus, depois que eu cheguei nesse lugar eu sou perseguida por tudo e por todos...

— A senhora pode ter má sorte, já pensou nisso?

— Responde o motorista. — Mas fique tranquila. Nós vamos para um local bem agradável.

Meckenna se desespera, abre a bolsa e tenta pegar o celular. O motorista ao perceber dá um soco que faz a garota desmaiar.

No condomínio, Melissa chega para conversar com seu filho.

— O que está acontecendo? Théo me contou que você quebrou tudo aqui dentro. Eu deixo tudo com tanto carinho…. sempre decidimos que o melhor para nós seria você ficar aqui... Mas você está tomando atitudes que daqui a pouco todos vão saber de sua existência. Tudo por conta daquela menina… Deixe ela em paz. Você quer sair daqui? Você quer ir pra casa do seu tio? Eu levo você pra lá. Eu converso com ele toda a nossa questão e você fica lá.

— Não, mãe. Eu escolhi ficar aqui.

— Eu só quero que você fique longe de Meckenna!

— Vou ver o que posso fazer.

— Por favor, não me tire o sossego com isso.

— Eu não tiro o sossego de ninguém! Mas se ele não se separar, eu vou matá-la! Escreva bem isso.

Melissa bate na cara dele. E ele fica surpreso com os olhos marejados.

— Você vai fazer o que? Eu quero que você repita isso mais uma vez! Você pensa que eu vou acobertar qualquer coisinha sua? Você fica muito enganado! Não vou te visitar na cadeia, hein? Acredite! Eu já estou ficando exausta com você. — Melissa levanta da cama e vai embora irritada.

• • •

Já à noite, Meckenna acorda sentada em um galpão totalmente amarrada. Amordaçada ela escuta:

— Oi, gatinha. Acordou? Dormiu muito, não?

Ela faz um chiado, balbucia querendo falar com a mordaça na boca.

— Eu vou tirar isso de você, mas não vai gritar, ok? Porque nós estamos em um lugar muito distante e não tem ninguém que possa te socorrer. Não vai adiantar GRI-TAR! — Debocha o motorista.
Flauer balança a cabeça que sim. E ele retira a mordaça.

— Porque você está fazendo isso comigo. O que foi que eu te fiz?

De repente, dos fundos do galpão, como se surgisse das profundezas do inferno, Rick aparece.

— Oi, Meckenna. Tudo bom?

— Meu Deus, não acredito que é você... o que quer?

— Eu não quero nada de você! Aliás, eu quero... Eu continuo constantemente tendo aborrecimentos com Betina depois que você descobriu meu lance com ela. Você sabe que eu namoro Clarice. O meu irmão não pode nem sonhar com isso tudo. Não vou deixar tudo a perder. — Rick mostra a arma.

— Isso aqui. Está vendo isso aqui?

Ele retira o cartucho e joga todas as balas no chão. Coloca o cartucho vazio na arma novamente e destrava apontando para a cabeça de Meckenna. Ao puxar o gatilho, não sai nada.

— Isso aqui pode acontecer se você abrir a boca. O que você está vendo aqui é só um aviso. Se alguém descobrir qualquer coisa, eu vou responsabilizar você. E o meu amiguinho aqui vai fazer um serviço super especial. Está claro?

Meckenna começa a chorar copiosamente. Ao passo que Rick nas gargalhadas, debocha:
— Ôh, já vai chorar?
— Adúltero doente! — Fala Meckenna.

Com raiva nos olhos, Rick bate na cabeça dela com a ponta da arma. Ao ver que ela não está consciente, ele diz:
— Pronto. O seu serviço está feito. O seu dinheiro está aqui. — Ele entrega um malote contendo 5 mil reais para o motorista.
— Agora, eu quero que você leve ela de volta para o condomínio. Deixe-a nos fundos da casa dela. Por favor, sem ninguém desconfiar. Caso esse susto não surta efeito, eu vou pedir que você complete o serviço. E você já sabe... se alguém descobrir que fui eu que mandei fazer alguma coisa, você também morre!
— Pode deixar, patrão! O meu serviço é sempre bem feito.

Rick sai pelos fundos do galpão e vai embora. Ao mesmo tempo que o comparsa pega a garota pelos braços e leva de volta no carro alugado especialmente para aquela cilada.

De volta ao condomínio, Kauê chega em casa. Questiona para Martins se viu Meckenna. Pois saiu das dependências da faculdade e não viu a irmã. Martins diz que não sabe, fala para depois visitar a moça e ver se está tudo bem. Ao passo que naquela altura, Meckenna já estava desacordada na porta da entrada dos fundos da sua casa.
O vigia que estava de serviço naquele dia no condomínio, observa que a casa da sua namorada estava totalmente escura e acha estranho.
Ele vai em direção a residência dela, se aproxima e bate na porta.

— Meckenna, você está aí?

Ao lado, Noah escuta a voz de Théo.

O vigia se afasta um pouco da residência e vai pela lateral da casa. Quando chega aos fundos se depara com Meckenna desacordada.

— Meu amor… meu amor, que foi que aconteceu? — Bate no rosto dela que acorda lentamente.

Théo pega as chaves da bolsa dela, abre a porta e leva ela nos braços.

— Venha, meu amor.

Noah vai observando tudo.

— Aquele miserável mentiu para mim! Ele até parece que já está casado com ela… levando ela nos braços para dentro de casa. — Resmunga Noah. — Parece até lua de mel! Ah, isso não vai ficar barato!

Ele se afasta e fica rondando dentro da casa, planejando o que é que vai fazer. Depois de algum tempo, ele volta para o subsolo e se tranca. Observando o calendário ele fala consigo e convicto:

— Dia 23 de Julho! Ela vai ter uma surpresa. Eles que me aguardem!

Na manhã seguinte, o condomínio amanhece molhado por conta das chuvas torrenciais que ocorreram durante a madrugada toda. Embora o dia ter uma cara preguiçosa, Agatha e Bento saem para resolver seus assuntos particulares fora do condomínio.

— Meu bem, aquele ali é o vigia? — Bento pergunta para a esposa.

— É! Ele está conversando com Mathias. — Confirma Agatha.

— O vigia e Mathias conversando juntos? Isso é muito estranho. Ele trabalha para Melissa e está de papo com o assassino da família dela?

— É meu bem, isso não está cheirando bem. Se Melissa descobrir não vai sair coisa boa. Até porque, Théo foi contratado justamente por conta dele. Vigiar o perímetro do condomínio e manter Mathias no controle, distante da síndica.

Théo se encontrava na varanda, na parte externa da casa de Mathias Gonçalves, conversando um assunto discretamente. A fisionomia deles era séria e fechada. Como se estivesse tratando de algo que não estavam gostando.

Já do outro lado, Meckenna estava em repouso. Ela não foi para a Universidade neste dia. Martins, desta vez, fazia sua caminhada sem a presença de Apollo. E Kauê, já se encontrava ministrando suas aulas na faculdade. Ao ver Théo conversando com seu pai, Martins congela, pensando o que os dois estariam falando com uma conversa mais ou menos longa.

— O que será que ele está falando com meu pai? — Fala Martins quase inaudível. — Será que Noah fez alguma coisa com Meckenna tão grave a ponto dele contar da a existência do menino para papai?

Sem querer ser uma das testemunhas da conversa entre os dois, Martins decide parar a atividade física e voltar para sua casa. Mas Théo observa a presença de Martins e decide encerrar o assunto com Mathias. Ele ver Martins indo pra casa e vai em direção ao rapaz.

Toc Toc — Théo bate na casa de Martins que rapidamente abre a porta.

— Olá, Martins.

— Oi Théo. Eu acabei de ver você com meu pai, está tudo bem?

— Tudo bem. Eu posso entrar para falar uma coisa bem rápida.

— Pode!

— O seu esposo está em casa?

— Não, Kauê já está na universidade. O que houve?

— Olha, é uma coisa muito delicada. Dona Melissa já me contou que além de mim, você também sabe da sobrevivência de Noah.

— Sim, sei. Mas Kauê ainda não sabe.

— Eu sei. Dona Melissa me deixa a par de todas as informações. Mas a situação já está começando a sair fora do controle.

— Como assim? — Pergunta Martins.

— Ontem a noite, eu fui até Meckenna e encontrei ela desacordada nos fundos da casa. Ela tinha me dito que havia desmaiado. Havia passado mal, que a pressão baixou... algo desse tipo. Mas eu não sei se foi bem isso o que aconteceu. E eu acredito que Noah deve estar por trás disso!

— Mas se fosse alguma coisa tão grave desse jeito, acredito que ela teria contado para Dona Melissa ou para mim, até mesmo para você, não acha?

— Eu não sei, Martins. Eu não sei até que ponto Meckenna suporta todas essas coisas calada. Sempre tentando evitar qualquer outro problema.

— Este é um grande defeito dela. Mesmo correndo perigo, ela prefere não denunciar as coisas.

— Hoje mesmo ela não foi para a faculdade dizendo estar muito cansada. — Confessa Théo.

— Eu vou fazer assim, vou conversar com ela e ver se consigo tirar alguma informação, já que nós somos um pouco mais próximos e da família. Qualquer outra questão que eu descobrir falo para você. Enquanto isso, você aumente a vigilância do condomínio..

— Ok, Martins. Muito obrigado!

A porta é fechada e Théo vai para sua casa. Martins fica pensando qual seria a melhor maneira e qual é o momento de comentar sobre aquela questão com Meckenna, sem que ela se sinta pressionada a falar qualquer coisa.

Na Universidade, Rick procura um jeito de se encontrar com Betina às escondidas para falar sobre o sequestro relâmpago de Meckenna.

— Meu amor, já está feito o seu pedido. Agora eu quero que você cumpra com o que você me prometeu.

— O que foi que tu fez de tão maravilhoso?

— Percebeu que ela não veio hoje?

— É verdade! Ela nunca falta. O que foi que tu fez com a menina? Fala logo!

— Calma!

— Que curiosidade! — Sorri Betina.

— Eu falei com um contato meu para dar um susto na garota. Ele pegou ela, levou para um galpão e a amarrou. Eu confrontei ela diretamente.

— Mas você é muito burro! Não era para você ter feito assim. Era para o cara que sequestrou dar o recado...

— Não, eu queria deixar claro que ela não pode se meter com a gente. Eu tenho quase certeza que ela não volta mais pra cá. E se tudo der certo, ela vai embora do condomínio.

— Duvido que ela vai abandonar a faculdade por causa de qualquer coisinha.

— Ah, meu amor, mas não foi qualquer coisinha. — Fala Rick orgulhoso. — E se ela não for de espontânea vontade, ela será apagada.

— Betina silenciada, deixa o rosto mais sério. Mas mesmo assim, não incentiva que o amante pare com o plano.

• • •

Faltando um dia para o assassinato de Meckenna. Ela recebe uma carta escrita nos fundos da sua casa.

Olá, minha princesa, aqui quem escreve é o seu verdadeiro amor. Eu estou sempre ao seu lado, você sabe quem eu sou. Poucas pessoas sabem quem eu sou. Eu estou escrevendo esta mensagem amorosa para você, como um ultimato final! Se não acabar o seu namoro com o vigia, eu vou matar você. Não considere isso como um aviso, isto é uma ameaça.

Eu só espero que as suas orações estejam em dias para você ir direto para o céu. É só uma pena que se isso acontecer, eu não vou encontrar você lá. Não duvide da minha capacidade!

Não pague para ver, que o preço pode ser alto demais.

Assinado, N.
22 de julho de 2023.

Meckenna imediatamente liga chorando para Théo ir até a casa dela. Rapidamente ele chega:

— Meckenna? O que foi meu amor?

Ela mostra a carta de Noah para o vigia.

— Eu não posso crer... eu preciso tomar uma atitude. Esse psicopata vai acabar matando você!

— E o que você vai fazer, Théo?

— Não sei, mas hoje mesmo eu terei uma conversa muito séria com ele. E vou fazer o que precisa ser feito. Eu vou sumir daqui com esse garoto.

— Você não vai fazer nada! — Diz Meckenna.

Ela pega a carta das mãos dele e queima na lareira.

— Eu já estou no final do período na Universidade. Em breve termino e vamos embora deste lugar... Uma pena eu ter que ficar longe do meu irmão novamente.

— É, mas eu não sei por quanto tempo.Noah vai suportar nos ver juntos por aqui.

Meckenna volta a chorar e Théo abraça a jovem prometendo proteção, custa o que custar. Ela pede para o vigia dormir com ela e passar um tempo por lá. Ele faz o consentimento que sim. Tranca tudo, fecha as janelas e vai descansar com sua amada. Mas como naquele condomínio não existe tempo para paz. Ao meio da noite, quando todos os moradores já estavam em suas residências. O mesmo homem do sequestro de Meckenna entra no condomínio e estaciona silenciosamente em frente da praça pentagonal, com os vidros fechados e com o lado do motorista voltado em direção à casa da garota.

CAPÍTULO 9

MÚSICA QUE ME SERVIU DE INSPIRAÇÃO PARA O CAPÍTULO A SEGUIR:

Caso queira ler o capítulo ouvindo a música, aponte o seu celular para o QR Code abaixo.

APROVEITE:
Conquest Of Paradise – Versão André Rieu | Spotify

9

61 HORAS DEPOIS DO ASSASSINATO

Na praça pentagonal, na sala da investigação, chega mais uma informação referente ao momento do crime.

— Investigador, a gente identificou que Mathias Gonçalves possui o sangue "O+". Não fizemos uma análise sanguínea maior por não haver tipos de sangues iguais. Mas, neste momento, a gente possui duas pessoas com o mesmo tipo sanguíneo. Por enquanto não sabemos se o sangue realmente é de Noah ou de Gonçalves.

— Isso não está me cheirando muito bem! Vou recolher o depoimento de Agatha e Bento e depois a gente solicita mais apurações de acordo com as demandas do dia. Hoje promete ser movimentado!

— Ok, posso pedir para ela entrar?

— Pode!

— Por gentileza, Agatha. A senhora é a próxima a ser interrogada.

Ao adentrar a sala do Investigador, Agatha se senta e recebe as primeiras perguntas:

— Muito bem-vinda! Obrigado pela sua disponibilidade. Adianto que assim que a senhora sair da sala, pode pedir para seu marido entrar imediatamente. As mesmas perguntas que farei para você, irei confrontá-lo da mesma maneira. Compreendido? Eu só quero apenas a verdade.

— Tá certo? Estou pronta.

— Ok. Onde a senhora estava no dia do assassinato de Meckenna? O que foi que a senhora ouviu.

— Eu estava em minha residência junto com meu marido. E meu filho Henry. Meu outro filho Rick não estava em casa, provavelmente estava com Clarice. Eu não tenho certeza.

— Certo, em breve nós vamos interrogá-lo também. Mas a senhora ouviu quantos tiros nesse dia?

— Olha, pelo fato da minha casa não ser tão próxima de Meckenna, eu cheguei a ouvir três tiros. Mas não foi tão alto quanto eu acredito que os meus vizinhos escutaram. Porque entre a casa de Meckenna e a minha tem a casa de Kauê e Martins.

— E a senhora sabe quem possa ter algum tipo de desentendimento com Meckenna? Quem a senhora acha que matou Meckenna?

— Eu não sei com quem Meckenna tinha problemas. Ela era uma menina muito espirituosa... entre os moradores eu sentia apenas que Betina, a namorada do meu filho, não tinha tanta aproximação com ela. Sabia também de Mathias, por não gostar tanto do irmão dela, também não gostava dela. E o vigia que era namorado dela, mas após a morte dela, desapareceu. No meu entendimento, ele não deveria se ausentar nesse momento tão importante que é a investigação. Então, dentre esses três, o único que eu acho que possa realmente ter cometido o assassinato é o vigia. Só não sei com qual motivação.

— Pois bem, Agatha, eu vou revelar uma informação que eu gostaria que a senhora recordasse se houve alguma questão referente a essas pessoas que eu vou citar. Essa informação eu não quero que a senhora compartilhe com ninguém, porque faz parte da investigação, são dados sigilosos, eu só vou lhe informar porque preciso do seu depoimento integralmente.

— Certo.

— O filho da síndica Melissa foi tido como assassinado por Mathias Gonçalves, correto?

— Sim, junto com o seu marido Raví.

— Na realidade, ele não se encontra morto, ele se encontrava escondido na casa em que Melissa morava há muito tempo atrás e que hoje ela não permite o acesso de ninguém.

— Mentira! — Grita Agatha. — Isso não é possível!

— É possível. Eu não posso mentir, senhora. E a única pessoa que tinha o conhecimento, até o momento que estou investigando, era a própria mãe e o vigia que eu mantinha dentro da casa. Não era uma espécie de cativeiro pois havia um consentimento do rapaz. Ela o auxiliava com tudo. Mas já que a senhora aponta Théo como o principal suspeito, existe com base nesse dado, alguma outra sugestão que nos dê pistas de algo sobre ele?

— Veja, Investigador. Em alguns dias, eu acredito que em uma semana antes da morte de Meckenna, eu avistei o vigia conversando demoradamente com Mathias Gonçalves. Justamente, o algoz da família de Dona Melissa... foi estranho para mim e para o meu esposo. Ele estava a serviço de Melissa. A função dele era protegermos aqui no condomínio, e mais especificamente a síndica contra Mathias. Confesso, que fiquei sem entender a aproximação do vigia com ele. Essa é a única informação que eu posso lhe dar referente a essa questão...Eu estou abismada que esse menino tenha sobrevivido e que a gente não soube até hoje!

— Após a investigação todos irão saber quando houver o julgamento, por enquanto, mantenha isso em sigilo

— Tudo bem! Agora... lembrando de mais um detalhe... no dia do assassinato de Meckenna, avistei um carro sair rapidamente, como se estivesse vendo o que acontecia.

— Mas o carro de quem? — Pergunta o Investigador.

— Eu não sei... era parecido com o carro de Kauê. Não deu para ver quem dirigia. Estávamos todos voltados para a casa de Meckenna. O vigia até havia ido de encontro ao carro alguns momentos antes. Na janela da minha casa parecia que ele tinha perguntado ou falado alguma coisa e o motorista foi embora em disparada.

— E o vigia, o que foi que fez?

— Depois que o carro foi embora, ele foi direto para casa dele.

— Mais alguém viu isso que a senhora está me relatando? Até o momento ninguém havia me relatado essa questão.

— Acho que não. Já era noite, todos estavam em suas casas. Eu observei por que a minha mesa de costura fica exatamente virada para a janela do primeiro andar da minha casa. Depois que Théo saiu, eu desci e não vi mais nada. Logo após, coisa de minutos foi quando escutei os tiros.

— Ok, Agatha. Por hoje, agradeço muito o seu depoimento. Vou continuar recolhendo os outros depoimentos do dia de hoje. Muito obrigado!

— Por nada!

Depois de Agatha sair da sala, o Investigador chama Bento, e faz as mesmas perguntas. Embora não saber de nenhuma informação sobre algum carro e sobre a ausência do vigia. Bento confirma todas as outras informações, referente a sua localização no dia do crime.
Ele também solicitou uma breve pausa nas investigações enquanto reflete com sua equipe.

— Vejam só, nós temos outras informações. Tivemos um carro estranho presente no condomínio no dia da morte de Flauer e o vigia teve contato com o motorista. E além disso, algumas semanas antes tivemos a informação que Théo também teve contato com

Gonçalves. São movimentos questionáveis. Eu estou começando a desconfiar que Théo falou da existência de Noah para ele.

— Nós estamos fazendo a análise do DNA do sangue existente no assassinato pois, existe uma possibilidade do sangue ser de Mathias e não de Noah. — Fala um dos policiais.

— Certo, mas eu acredito que isso era para ter sido feito muito antes, desde quando foi colhido às amostragens, erramos em observar apenas a tipagem sanguínea. Foi um erro da nossa parte que não poderia de forma alguma ter acontecido. Nós já estamos no dia 26 de julho e já era para termos alguma informação sobre o assassinato desta garota. — Repreende o investigador.

— Nós não temos como colher o depoimento de Théo, até o momento nós não encontramos ele. Algumas pessoas disseram que avistaram ele, mas cadê o homem? Ainda não temos notícias de seu paradeiro.

— Pois é, e ele não vem aqui, porque ele está fugindo de que? — Pergunta um dos colaboradores.

— Esse é o ponto que nós precisamos investigar! Se realmente Théo falou para Mathias da existência de Noah, podemos considerar que Mathias pode ter feito alguma coisa contra o rapaz. No mínimo, ter alguma informação. Se é que ficou sabendo!

— Nós não temos certeza. Isso é um campo de possibilidade. — Confirma outro policial.

— Boa Tarde, Investigador! — Chega outro colaborador da investigação. — Nós recebemos os relatórios da informática, referente às análises do celular dos moradores do condomínio. Temos novidades!

— Cadê o relatório? Qual é a novidade?

— Exatamente 20 dias antes do assassinato de Meckenna, Betina enviou uma mensagem com uma amaeaça para garota, que está descrito nesse relatório.

Ele pega o relatório e verifica o conteúdo da mensagem enviado por Betina. Após a leitura, ele identifica que Betina estava de fato sendo amante de Rick. Mesmo sem entender o motivo de Apollo e Elis não terem revelado concretamente em seus depoimentos. Muito provavelmente, apenas para preservar a própria harmonia de sua família. Isso poderia justificar até as alterações de saúde de Apollo que possivelmente descobriu toda essa situação.

— Muito bem, não esqueçam que agora temos um carro desconhecido no dia do crime e uma ameaça por telefone para Meckenna. Precisamos colher os depoimentos de Betina e Rick agora!

— Ok, Investigador. Eu vou solicitar a presença deles.

Após a finalização de uma breve pausa do investigador, Betina é solicitada a prestar o seu depoimento.

— Por favor, senhora Betina, pode entrar!

Betina fica nervosa e só pede para ir ao sanitário antes de ir para a sala.

— Eu poderia ir ao banheiro rapidamente? Eu não estou passando bem!

— Tudo bem, a senhora será acompanhada. Por um dos nossos agentes, pode ir!

Ao entrar no banheiro e fechar a porta. Elis, a sua mãe, estava saindo do banheiro coletivo, montado especialmente para esta operação. Ela puxa a menina para o canto.

— Ele vai me interrogar agora mãe, meu Deus! Será que eles descobriram alguma coisa? Vai ser o fim!

— Nesta altura do campeonato, acredito que eles possam estar desconfiados. Mas se eles realmente descobriram, você não pode falar de nenhuma situação sobre os seus embates com ela na faculdade. Está me ouvindo?

— Só que tem uma coisa, mãe. Antes daquela criatura morrer, eu mandei uma mensagem ameaçando ela.

— Betina, como você faz uma coisa desta?

— Moça, você está bem? Está na hora do depoimento. — Fala o agente ao lado externo do banheiro, feminino.

— Já estou indo... já estou indo! — fala Bettina e Elis continua:

— Diga o seguinte, se eles falarem alguma coisa sobre esta questão, você diz que foi obrigada por Ricky a mandar essa mensagem! E não fale mais nada!

— Mas ainda tem outra questão... — Betina é interrompida pelo agente que abre a porta do banheiro e a puxa para o depoimento.

— Vamos, você não tem mais tempo. Vocês não eram nem para estar conversando. O que a senhora está fazendo aqui, Elis?

— Eu estou saindo do banheiro. Eu não posso fazer necessidades? — Fala Elis com ironia.

O agente fecha a porta do banheiro e leva Betina para a sala de interrogatório. Ao chegar, o Investigador pergunta.

— Olá, garota! Quero que você veja o conteúdo desta mensagem que você enviou para Meckenna. Me diga se você é assassina?

Betina se senta na cadeira, sem ler o relatório e já começa a chorar desesperadamente.

— Não, seu Investigador, não sou assassina... eu realmente mandei essa mensagem! Mas eu fui obrigada por Rick.

— Por que?

— Eu gostava de Meckenna...

— Não é essa informação que possuímos aqui!

— Desmente o Investigador. — Vários depoimentos dizem que você não suportava a menina. Por que, Betina? Você está mentindo!

— Não é verdade, eu gostava dela. Acontece que ela acabou descobrindo uma aproximação de Rick comigo.

— Uma aproximação não! Você estava traindo sua irmã.

Betina finge desmaiar nesse momento.

— Se você não me conta detalhadamente, eu vou lhe prender! — Aperta o Investigador.

— Betina finge respirar fundo e se transforma rapidamente, falando com voz calma:

— Talvez... Ta bom! Eu vou contar tudo que aconteceu.

— Eu realmente estava com um caso, com o namorado da minha irmã. E Meckenna descobriu. Eu não tinha nada contra ela, mas eu tinha medo de que ela poderia falar alguma coisa para alguém. Sendo que a melhor amiga dela é a minha irmã... Eu pedi para Rick dar um susto nela. Nada demais! Ao fazer parte deste susto. Eu enviei a mensagem para a Meckenna em tom de ameaça de morte. Porém eu não teria capacidade de fazer uma atrocidade dessa.

Betinha continua:

— Ao mesmo tempo, Rick sem o meu consentimento arrumou uma pessoa para sequestrar Flauer e fazer um susto para que ela definitivamente fosse embora do condomínio.

— E ele conseguiu fazer isso sozinho?

— Ele tem os contatos dele. Encontrou uma pessoa que tinha o carro parecido com o do irmão dela. Como ele viu que ela não iria embora daqui, e minha irmã estava prestes a descobrir tudo. Provavelmente ele decidiu chamar esse contato novamente para matar ela.

— Betina, preste atenção! Você está me dizendo

que Rick mandou alguém matar a vítima que nós estamos investigando... É isso que está me dizendo?

— Sim!

— Você sabe que se isso for mentira, você pode ser presa por mentir em um depoimento, não sabe?

— Eu sei.

— Continue a sua versão da história.

— No dia do assassinato, o rapaz que iria matar, não conseguiu ter acesso à casa dela, por causa do vigia. Nesse momento, Rick enfurecido foi resolver a questão para concluir com o assassinato. Eu tentei fazer com que ele não fosse, mas ele estava transtornado. Foi quando o meu pai escutou tudo e descobriu o meu caso com ele e passou mal.

— Qual é a prova que você tem disso tudo?

— Eu não tenho nenhuma prova, você vai chegar do... — Interrompe o Investigador.

— É interessante essa sua informação. Você está liberada.

O Investigador abre a porta para ela sair, e solicita que Rick entre na sala para ser o próximo.

— Pode ser senta, eu preciso de suas informações. Betina acaba de me confessar algumas coisas como o caso de vocês, que você obrigou ela a mandar uma mensagem de ameaça para Meckenna...

— Não, isso não é verdade... — Interrompe Rick.

— Só um momento. — O Investigador continua.

— Por último, é muito mais grave o seu planejamento e execução de um sequestro, ameaçando a garota para que ela não conte do caso. Você queria que ela fosse embora?

— Não confere, seu Investigador. Primeiro, eu não sabia de nenhuma mensagem de Betina para ela. Segundo, eu nunca tive um caso com ela, nós éramos próximos, eu namoro Clarice. Mesmo ela dando em cima de mim, nada aconteceu.

— E por que Apollo passou mal no dia do assassinato de Meckenna?

— Ele foi tomar satisfações porque Betina deu em cima de mim!

— Então, toda a questão do sequestro é mentira de Betina?

— Ela está querendo me incriminar! — Fala Rick irritado.

— E o carro que estava presente no dia do crime? Ninguém do condomínio conhecia! Bate com a versão de Betina!

Eu não sei de nenhum carro. — Rick começa a gaguejar.

— Como eu não tenho provas nenhuma sobre você. E você também não tem nenhuma prova que realmente não fez o que foi denunciado. Você se torna um dos suspeitos da investigação. Por conta disso, eu vou precisar prendê-lo preventivamente.

— Não faça isso Investigador.

— Isso é tudo! Por gentileza, algemem ele e levem para a delegacia.

Os agentes levantam o rapaz da cadeira e põem suas mãos para trás, o algema e levam dentro do carro da polícia, nas vistas de todos os moradores presentes. Henry vai até o Investigador e grita:

— Meu irmão não é assassino. O que é que vocês estão fazendo?

— Henry! — Aproveita o Investigador. — Você é o próximo a prestar depoimento!

Henry, entra na sala enfurecido.

— Por que vocês levaram meu irmão?

— Aqui, quem faz as perguntas sou eu! — O Investigador fala com firmeza.

— Eu preciso que você me responda onde estavas no momento da morte de Meckenna?

— Eu estava na casa dos meus pais, com os meus pais, no meu quarto!

— Certo. Eu vou lhe passar uma informação sobre seu irmão. Além de você ser familiar, eu preciso que você acredite nos dados que vou lhe passar para o bem dos processos da investigação. Você sabia que ele estava de caso com a sua namorada Betina?

— O que? Não!

— É isso! Exatamente isso que você está ouvindo, Henry. O seu irmão estava traindo você e Clarice. Ele também armou uma emboscada contra Meckenna porque descobriu tudo e se torna um elemento suspeito do crime contra a moça. A prisão preventiva é a solução no momento. E mesmo que ele não seja o autor do crime, vai responder pelos outros caso seja provado. — Henry escuta em choque o Investigador.

— Qual era o relacionamento dele com Meckenna?

— Olha… Eu… nunca vi nenhum contato dele com Betina, muito menos com Meckenna. Eu não sei o que ele … — Henry fica perplexo, sem entender.

Ele não chora, não tem reação de raiva. Ele fica simplesmente sem acreditar.

— O seu irmão já teve algum indício de violência? Alguns amigos ou pessoas próximas dele que poderiam ser estranhas para a família de vocês?

Henry fica em silêncio. Congelado! Escuta tudo, mas não consegue raciocinar para responder mais nada. O Investigador chama sua atenção.

— Henry? Psiu! Você está aí? Responda!
Nada! Nenhuma informação. Na cabeça de Henry, só gira a notícia da traição do irmão. Como um ciclo vicioso. O Investigador ao verificar o estado do rapaz pede que ele seja retirado da sala. Henry, é amparado pela

sua família, enquanto Clarice entra para o último depoimento do condomínio.

— Clarice, meu bem, eu estou fazendo o recolhimento do seu depoimento só para desencargo de consciência e lisura na investigação.

— Está certo!

— Nós já estamos próximos de desvendar o mistério e algumas pessoas se enquadram no perfil com motivos substanciais para o assassinato. Onde você estava no dia do assassinato de Meckenna?

— Eu estava em casa...

— Com licença, Investigador. — Interrompe um dos policiais entrando na sala da investigação. — Nós precisamos da sua presença para a verificação de um corpo achado no perímetro próximo ao condomínio!

— Um corpo? — Ele congela os olhos. — Clarice, por favor, eu vou suspender o seu depoimento... Por gentileza, você pode se retirar.

Clarice sai se tremendo da sala e o colaborador continua.

— Possivelmente pelas vestes, acreditamos que esse corpo é de um homem jovem..

— Não é possível! Você já consegue identificar o corpo?

— Não, ele está em avançado estado de decomposição. Pelos dados do Instituto de Medicine Legal e os profissionais forenses, nos deixam a entender que o corpo foi morto no mesmo dia do assassinato de Meckenna.

— Jesus! Quem será que fez isso? Precisamos nos certificar de quem é este corpo!

CAPÍTULO 10

MÚSICA QUE ME SERVIU DE INSPIRAÇÃO
PARA O CAPÍTULO A SEGUIR:

Caso queira ler o capítulo ouvindo a música, aponte o seu celular para o QR Code abaixo.

APROVEITE:
Requiem For A Tower – Clint Mansell | Spotify

10

25 MINUTOS ANTES DA MORTE DE FLAUER MECKENNA

Naquela mesma noite, Meckenna reconheceu o carro e o motorista estacionado na praça pentagonal de frente para sua casa. Ela fica nervosa e pede para Théo ver se as portas estão todas fechadas. O vigia verifica tudo, e absolutamente nada fora do normal. De dentro do carro o motorista de máscara, óculos e boné faz uma ligação.

— Rick, infelizmente não vai ser possível a realização do serviço hoje. Tem um homem com ela na casa e tudo fica muito arriscado. Irei fazer uma nova tentativa amanhã. Estou indo embora.

— Certo. Mas tente chegar mais cedo amanhã. Ela deve estar em casa em torno das 18 horas. Nesse horário o namorado dela, que é vigia, não estará.

— Combinado!

— Eu estarei na casa da garota que tenho lance, e assistirei tudo! Eu quero ela morta!

No dia seguinte, já era final da tarde. Meckenna combina com Théo por telefone para jantar em sua casa. Ele diz que possivelmente estará ainda de serviço para Dona Melissa, mas que deve ir mesmo assim. Meckenna se despede e vai para casa. Ela já havia superado os insultos de Betina e as ameaças de Rick. Por volta das 17:50 Meckenna assustada com a noite anterior, fecha a porta da frente e segue para sala.
Poucos minutos depois, o mesmo carro para na praça pentagonal. Meckenna tinha janelas enormes em sua

casa, toda movimentação dos vizinhos ela conseguia ver. E novamente ela percebe o motorista que havia lhe raptado. Ela sente que está correndo perigo mas Théo ainda não havia chegado. Com medo, Meckenna decide de última hora ir embora do condomínio. Ela liga para o irmão:

— Kauê, meu irmão... corre aqui em casa hoje à noite. Eu quero te contar uma coisa que acabei de descobrir. — Fala Meckenna.

— Você não imagina o que acontece nesse nosso condomínio. Eu quero sair o mais rápido possível, já não aguento mais essas pessoas.

— Tá certo, tenha calma... tenha paciência! — Diz Kauê. — Eu vou passar na sua casa por volta das 20 horas, porque eu preciso passar na faculdade. Tenho que resolver algumas coisas... e ainda tenho que fazer a janta para Martins. Não se preocupe, eu vou chegar! Agora me antecipa, o que foi que aconteceu?

— Não posso contar por telefone Kauê, eu preciso lhe dizer pessoalmente. E acredite... eu não posso mais ficar aqui!

— Ok... ok... então depois a gente se fala. Cuidado minha irmã, beijos.

Era mais ou menos 18 horas e Meckenna ficou a olhar a paisagem ao redor, pensativa sobre o que ela iria fazer. Logo começou arrumar as malas e pegar os seus pertences mais necessários. Ela pensava em partir para uma casa familiar, longe daquela comunidade.
Ao mesmo tempo que ela falava com seu irmão no telefone, Théo vê um carro parecido com o de Kauê estacionado quase em frente da casa de Meckenna. Ao se aproximar do carro, o motorista assustado sai cantando pneu para fora do condomínio. Théo desconfiado vai para sua casa.

Já na casa de Apollo, Betina e Rick discutiam no

quarto.

— O carro foi embora, Betina. O carro foi embora! Eu havia chamado o cara, que fez o sequestro falso de Meckenna, para matar ela, mas aquela anta do Vigia apareceu. — fala Rick.

— Calma, Rick! Tu vai fazer o quê? — Pergunta Betina.

— Eu vou lá terminar o serviço que não foi feito de novo… a gente não pode mais conviver com Meckenna aqui! Ela até já voltou a frequentar a universidade. Ela pode falar do nosso caso para alguém e …

Repentinamente, Apollo abre a porta do quarto da filha e grita:

— Que caso? Você está traindo sua irmã, Betina? Eu não acredito numa coisa dessas! Eu já desconfiava, mas logo com Rick? Desapareça daqui, seu cabra safado.
Elis escuta toda aquela gritaria e vai verificar o que foi que aconteceu. Ao chegar próximo ao quarto de Betina, ela ver que Apollo estava passando mal.

— Elis, eu acho que… — ele desmaia.

Furioso, Rick sai correndo para fora da casa de Betina, e Elis tenta levar Apollo para sala.

— Liga para Martins, minha mãe. — Diz Betina.

— Vou fazer isso!

— Alô…Martins? Você está em casa?

— Olá Dona Elis, estou sim. Kauê já deve chegar da universidade.

— Você poderia dar um pulinho aqui em casa? Apollo está passando mal!

— Eu vou agora mesmo!

Enquanto isso, Meckenna ligava a TV para assistir às novelas que passavam nas emissoras. Ela deixava a televisão no volume alto, porque geralmente sempre estava fazendo várias coisas ao mesmo tempo. Ela joga a roupa no sofá e vai direto para a cozinha, onde fica escutando as suas novelas. Prepara uma janta especial e rápida para poder receber Kauê e Théo, que iria chegar em breve. Ela também verifica as roupas do varal que estava secando, com a intenção de concluir a sua mala. Ela não está normal! Está um pouco desesperada, porque não pensou que isso seria um causador de mudanças de emergência. Mas o que ela sabia, é que se continuasse ali, ela correria risco de vida.

O tempo se passa e Meckenna, às 19h30, vai tomar seu banho. Deixa lá a TV ligada e entra para a sua banheira de espumas e águas quentes. Ela olha as pequenas modificações em seu corpo que surgem naturalmente com o passar do tempo. Meckenna tinha apenas vinte e oito anos, mas já observava a sua fisionomia um pouco mais velha do que a sua idade assinalava.
Noah, que havia escutado o barulho do pneu do carro, sobe para vigiar o que estava acontecendo. Ele percebe que as luzes da casa de Meckenna já estavam acesas e que o vigia estava indo para casa.
— *Essa é uma ótima oportunidade para eu cumprir com que eu prometi!* — Pensa o rapaz.
— Está na hora!

Ele vai pelos fundos da casa vazia de capuz preto e olha pela janela da frente da casa de Meckenna para ver se observa ela. Mas Meckenna já tirava as roupas para mergulhar na banheira para aquele banho relaxante. A fumaça quente impregnava todo o banheiro... e tinha que ser, porque banhos frios no sul do Brasil é como pagar penitência aos pecados cometidos. Meckenna dá três suspiros longos e cobre o seu rosto completo dentro da banheira. É neste exato momento que o seu celular toca na cozinha. Era Kauê, ligando para informar que iria se atrasar um pouco mais. Porém, Meckenna não escuta. Mergulhada sob a água e a TV ligada, não deixa que os seus ouvidos percebam a ligação perdida. Após exatos 58 segundos, ela retira a sua cabeça de dentro d'água, respira profundamente, quase num nível de meditação, e repete o mesmo mergulho. Neste momento, a vidraça da janela da sua casa é quebrada por Noah. Ele consegue destravar a janela por dentro e abrir naturalmente, sem que Meckenna percebesse qualquer barulho e presença. Ele estava armado. O vigia Théo, do outro lado da praça, ainda na sua casa, quase em frente à casa de Meckenna, observa alguém entrando e fica de alerta, se preparando para comunicar a síndica do que estava acontecendo no condomínio.

— Alô, Dona Melissa? Aqui é Théo. O Seu filho acabou de invadir a casa de Meckenna!

— Ai meu Deus... — Théo Desliga.

Porém, tudo é muito rápido. E os 58 segundos novamente se passaram e Meckenna levanta a cabeça da banheira. Noah começa a procurar por Meckenna por toda casa. Ela escuta barulhos de portas se abrindo rapidamente em seus cômodos. É quando ela sai em velocidade e puxa a toalha para se enrolar. Vai verificar se Kauê já tinha chegado antes do tempo previsto. Mesmo com espumas nos seus braços, pingando durante todo o percurso do corredor até chegar na sala, ela vê a janela quebrada. Meckenna fica com medo e corre para o celular, quando identifica a chamada perdida de Kauê. De súbito, ela é puxada pelos cabelos e vai parar ao chão.

— Não faça isso comigo pelo amor de Deus... porque você está fazendo isso comigo?

— Já basta! Cala a boca. Eu disse a você... eu disse a você que isso teria uma consequência! E infelizmente eu não posso mais adiar. — Diz Noah.

— Não, por favor... não faça nada comigo. Por favor, SOCOO...

E antes mesmo de tentar gritar, ela recebe um soco na boca e fica um pouco atordoada.

— CALA A BOCA! — Noah grita totalmente perturbado.

E imediatamente a arma é sacada... O gatilho é puxado... antes do segundo virar e a bala ser disparada... a porta da frente é arrombada por Théo que vê Noah apontando a arma para Meckenna no chão.

— Noah, não faça isso! — Théo também saca uma arma em direção a Noah.

— Você se lembra desta arma? Há muito tempo você esqueceu lá no subsolo. Hoje eu vou estrear.

Meckenna se assusta com o barulho, se levanta recuperada da tontura inicial e corre para os fundos da casa e dá de frente com Dona Melissa, que entra pelos fundos. Noah que tenta lhe matar, rapidamente se vira para Meckenna mas é neutralizado por Théo que atira na cabeça dele... Melissa, também armada, ao ver que o vigia matou o seu filho, não raciocina, atira primeiro em Théo e na sequência em Meckenna que é de costa paralisada... os três tiros são disparados intercaladamente. A bala atravessa o seu peito e a sua vista escurece... novamente Meckenna está no chão.

O sangue vivo logo começa a escorrer e toda a vizinhança escuta o barulho. As luzes das casas ao redor são acesas e pelas varandas, eles olham para aquele condomínio circular tentando identificar de onde partiu os tiros.

— Meu Deus... o que foi que eu fiz? — Sussurra Melissa em prantos.

— Melissa? Você matou todos? — Diz Mathias Gonçalves ao chegar também pelos fundos da casa.

— O que você está fazendo aqui? — Diz a síndica.

— Eu vi o vigia arrombando a porta da casa e corri pra cá. Quem é esse de capuz?

— É o meu filho... NOAH!

— Mas ele não estava morto? Eu matei ele! — Diz Mathias abalado.

— Não, Gonçalves... ele sobreviveu. Eu o escondi de você e de todos, por sua causa.

— Por minha causa?

— Claro! Aliás, tudo é por sua causa! Você destruiu a minha vida! Mas o que você não sabia, por ironia do destino, é que você uma vez tentou matar o seu próprio filho! — Entrega Melissa.

— O que você está dizendo?

— Isso mesmo! Ele sempre foi seu filho... lembra que você havia me estuprado. Eu jamais contei para Raví ou para Noah. Fiquei grávida e para não destruir o meu relacionamento, falei que o pai era o meu amado.

— Meu Deus! — Fala Gonçalves.

— Ah, você acredita em Deus, Mathias? Que coisa! Deus fez o meu filho parecido comigo e problemático igual a você!

Visivelmente sensibilizado ao ver Melissa chorando. Gonçalves propõe:

— Você vai ser presa mulher! Vamos, puxe o menino para os fundos da casa que eu puxo o vigia. Assim a gente espalha o sangue deles pela casa. Agora temos que ser rápidos.

Kauê que já havia chegado em casa se pergunta:

— O que é isso? Será fogos uma hora dessas? Martins... você ouviu?

Martins parecia não estar em casa. Como Kauê já havia terminado de preparar a janta de seu marido, ele decide ir para casa de sua irmã. Mas antes de Kauê chegar, o corpo de Meckenna é arrastado por Gonçalves por toda a casa, em várias áreas internas, na frente, atrás, pelos corredores, deixando o sangue espalhado por todo lugar.

Mathias Gonçalves vai até a praça, pega o carro do Vigia, estaciona no fundo da casa e coloca os corpos dos dois dentro da mala e observa a chegada do irmão dentro do carro com a síndica. De poucos metros para chegar na casa dela, Kauê vê a janela da frente quebrada e a porta aberta... escancarada. Ele acelera os passos. E quando sobe os degraus, se depara com uma cena de terror. Ele grita:

— SOCORRO!!! ASSASSINARAM MINHA IRMÃ...

Martins que já estava voltando da casa de Apollo escuta os gritos de pânico do esposo e corre até lá.

— Meu Deus, o que foi que aconteceu aqui? — Fala Martins.

Ao ver os dois dentro da casa e percebendo que os vizinhos já estavam saindo das residências, Gonçalves e Melissa sai com o carro, levando junto os corpos de Théo e Noah, como se nada estivesse acontecendo. Ninguém viu o carro saindo da área do condomínio. Todos estavam concentrados na entrada da casa de Meckenna.

— Melissa, eu não posso dirigir para mais longe daqui. A polícia vai ser avisada, pela minha tornozeleira eletrônica, que eu estou saindo para fora do perímetro do condomínio. Nós vamos deixar os corpos aqui nesta mata e voltar para o condomínio. Todos precisam achar que nós continuamos dentro de casa... entendeu?

— Como eu vou esconder que matei o meu filho? Martins sabe que ele está vivo!

— Caso ele pergunte, você diz que ele foi para casa de um parente seu. Depois eu volto aqui e enterro os corpos.

154

— E o Vigia? — Pergunta Melissa.

— Você diz que ele desapareceu após a morte dela. Por sorte ele pode virar o suspeito número um da morte dela.

E assim é feito. Diante de toda situação, Melissa não percebe que a mesma pessoa que matou o seu marido no passado é a mesma que está ajudando neste momento perturbador. Ao mesmo tempo, Gonçalves não entende o porquê de está ajudando depois de tudo. Talvez seja por ainda continuar gostando daquela mulher. Talvez por descobrir que o garoto sempre foi seu filho.

● ● ●

64 Horas Após o Assassinato

Após encontrarem o corpo perto do condomínio. O Investigador solicita que Melissa seja levada para o reconhecimento do cadáver desconfigurado e com os ossos amostra. Melissa... reconhece estas vestimentas? A altura? Sabe dizer se é alguém do condomínio?

— É o meu Noah, seu Investigador... — Interrompe a síndica.

— A senhora tem certeza?

— Sim! Eu menti para todos vocês... — A síndica desmorona.

Ela confessa o que aconteceu com seu filho e as trágicas mortes de Meckenna e do namorado Théo. Melissa pede para que Mathias mostre onde colocou o outro corpo que é o do vigia.

— Eu não tive intenção, foi tudo irracionalmente. — Toda história é compreendida.

Por um impulso do momento, um acontecimento quase evitável.

Meses depois.

No julgamento do crime, com o auxílio do Investigador, a justiça decreta que Mathias Gonçalves volte para o regime fechado penitenciário. E para a síndica, 28 anos de reclusão em regime fechado.

Foram exatos um ano de prisão, para cada ano de idade de Flauer Meckenna. A vítima principal do **CONDOMÍNIO.**

**10 de Setembro de 2023,
CASO ENCERRADO!**

Deixe seu depoimento sobre o livro
Leia o QR Code ao lado e descreva como foi suas impressões da leitura do livro.

**www.profpedroh.com
@OCondominio_
@Prof.Pedroh**

ocondominio@profpedroh.com.br

www.ingramcontent.com/pod-product-compliance
Lightning Source LLC
LaVergne TN
LVHW051534170726
843492LV00006B/1771